ures supérieure et inférieure
en couleur

Illisibilité partielle

BOULE
DE
SUIF

LIBRAIRIE OLLENDORFF

50, CHAUSSÉE D'ANTIN, 50 ⚹ PARIS

Collection des Grands Romans

A 1 FRANC

GUY DE MAUPASSANT	**Yvette.**
	Mademoiselle Fifi.
	Boule de Suif.
GEORGES OHNET..	**Le Maître de Forges.**
	Serge Panine.
	La Grande Marnière.
ALBERT DELPIT..	**Le Fils de Coralie.**
ANDRÉ THEURIET	**Sauvageonne.**
RENÉ MAIZEROY	**Petite Reine.**
GUSTAVE TOUDOUZE	**Madame Lambelle.**
MARIO UCHARD	**Mon Oncle Barbassou.**
JEAN RAMEAU..	**Plus que de l'Amour.**
PIERRE MAEL..	**Un roman de Femme.**
JULES CASE..	**La Fille à Blanchard.**
RODHA BROUGTHON..	**Comme une Fleur.**
MATHILDE SERAO	**Adieu Amour.**
MAURICE MONTÉGUT..	**Un nom sur une Tombe.**

Boule de Suif

ŒUVRES COMPLÈTES ILLUSTRÉES

DE

GUY DE MAUPASSANT

ÉDITION DE LUXE

(Voir Catalogue à la fin du volume.)

GUY DE MAUPASSANT

BOULE DE SUIF

L'ÉPAVE — DÉCOUVERTE — UN PARRICIDE
LE RENDEZ-VOUS — BOMBARD
LE PAIN MAUDIT — LES SABOTS — LA BUCHE
MAGNÉTISME — DIVORCE — UNE SOIRÉE

PARIS

SOCIÉTÉ D'ÉDITIONS LITTÉRAIRES ET ARTISTIQUES

Librairie Paul Ollendorff

50 — CHAUSSÉE-D'ANTIN — 50

—

1907

BOULE DE SUIF

Boule de Suif

Pendant plusieurs jours de suite des lambeaux d'armée en déroute avaient traversé la ville. Ce n'était point de la troupe, mais des hordes débandées. Les hommes avaient la barbe longue et sale, des uniformes en guenilles, et ils avançaient d'une allure molle, sans drapeau, sans régiment. Tous semblaient accablés, éreintés, incapables d'une pensée ou d'une résolution, marchant seulement par habitude, et tombant de fatigue sitôt qu'ils s'arrêtaient. On voyait surtout des mobilisés, gens pacifiques, rentiers tranquilles, pliant sous le poids du fusil; des petits moblots alertes, faciles à l'épouvante et prompts à l'enthousiasme, prêts à l'attaque comme à la fuite; puis, au milieu d'eux, quelques culottes rouges, débris d'une division moulue dans une grande bataille; des artilleurs sombres alignés avec des fantassins divers; et, parfois, le casque brillant d'un dragon au pied pesant qui suivait avec peine la marche plus légère des lignards.

Des légions de francs-tireurs aux appellations

héroïques : « les Vengeurs de la Défaite — les Citoyens de
la Tombe — les Partageurs de la Mort » — passaient à
leur tour, avec des airs de bandits.

Leurs chefs, anciens commerçants en draps ou en
graines, ex-marchands de suif ou de savon, guerriers de
circonstance, nommés officiers pour leurs écus ou la
longueur de leurs moustaches, couverts d'armes, de fla-
nelle et de galons, parlaient d'une voix retentissante,
discutaient plans de campagne, et prétendaient soutenir
seuls la France agonisante sur leurs épaules de fanfa-
rons ; mais ils redoutaient parfois leurs propres soldats,
gens de sac et de corde, souvent braves à outrance, pillards
et débauchés.

Les Prussiens allaient entrer dans Rouen, disait-on.

La Garde nationale qui, depuis deux mois, faisait des
reconnaissances très prudentes dans les bois voisins,
fusillant parfois ses propres sentinelles, et se préparant
au combat quand un petit lapin remuait sous des brous-
sailles, était rentrée dans ses foyers. Ses armes, ses uni-
formes, tout son attirail meurtrier, dont elle épouvantait
naguère les bornes des routes nationales à trois lieues à la
ronde, avaient subitement disparu.

Les derniers soldats français venaient enfin de traver-
ser la Seine pour gagner Pont-Audemer par Saint-Sever
et Bourg-Achard ; et, marchant après tous, le général,
désespéré, ne pouvant rien tenter avec ces loques dispa-
rates, éperdu lui-même dans la grande débâcle d'un
peuple habitué à vaincre et désastreusement battu malgré
sa bravoure légendaire, s'en allait à pied, entre deux offi-
ciers d'ordonnance.

Puis un calme profond, une attente épouvantée et silencieuse avaient plané sur la cité. Beaucoup de bourgeois bedonnants, émasculés par le commerce, attendaient anxieusement les vainqueurs, tremblant qu'on ne considérât comme une arme leurs broches à rôtir ou leurs grands couteaux de cuisine.

La vie semblait arrêtée; les boutiques étaient closes, la rue muette. Quelquefois un habitant, intimidé par ce silence, filait rapidement le long des murs.

L'angoisse de l'attente faisait désirer la venue de l'ennemi.

Dans l'après-midi du jour qui suivit le départ des troupes françaises, quelques uhlans, sortis on ne sait d'où, traversèrent la ville avec célérité. Puis, un peu plus tard, une masse noire descendit de la côte Sainte-Catherine, tandis que deux autres flots envahisseurs apparaissaient par les routes de Darnetal et de Boisguillaume. Les avant-gardes des trois corps, juste au même moment, se joignirent sur la place de l'Hôtel-de-Ville; et par toutes les rues voisines, l'armée allemande arrivait, déroulant ses bataillons qui faisaient sonner les pavés sous leur pas dur et rythmé.

Des commandements criés d'une voix inconnue et gutturale montaient le long des maisons qui semblaient mortes et désertes, tandis que, derrière les volets fermés, des yeux guettaient ces hommes victorieux, maîtres de la cité, des fortunes et des vies, de par le « droit de guerre ». Les habitants, dans leurs chambres assombries, avaient l'affolement que donnent les cataclysmes, les grands bouleversements meurtriers de la terre, contre lesquels

toute sagesse et toute force sont inutiles. Car la même
sensation reparaît chaque fois que l'ordre établi des choses
est renversé, que la sécurité n'existe plus, que tout ce que
protégeaient les lois des hommes ou celles de la nature,
se trouve à la merci d'une brutalité inconsciente et féroce.
Le tremblement de terre écrasant sous les maisons crou-
lantes un peuple entier ; le fleuve débordé qui roule les
paysans noyés avec les cadavres des bœufs et les poutres
arrachées aux toits, ou l'armée glorieuse massacrant ceux
qui se défendent, emmenant les autres prisonniers, pillant
au nom du Sabre et remerciant un Dieu au son du canon,
sont autant de fléaux effrayants qui déconcertent toute
croyance à la justice éternelle, toute la confiance qu'on
nous enseigne en la protection du Ciel et en la raison de
l'homme.

Mais à chaque porte des petits détachements frappaient,
puis disparaissaient dans les maisons. C'était l'occupation
après l'invasion. Le devoir commençait pour les vaincus
de se montrer gracieux envers les vainqueurs.

Au bout de quelque temps, une fois la première ter-
reur disparue, un calme nouveau s'établit. Dans beaucoup
de familles, l'officier prussien mangeait à table. Il était
parfois bien élevé, et, par politesse, plaignait la France,
disait sa répugnance en prenant part à cette guerre. On
lui était reconnaissant de ce sentiment ; puis on pouvait,
un jour ou l'autre, avoir besoin de sa protection. En le
ménageant on obtiendrait peut-être quelques hommes de
moins à nourrir. Et pourquoi blesser quelqu'un dont on
dépendait tout à fait ? Agir ainsi serait moins de la bra-
voure que de la témérité. — Et la témérité n'est plus un

défaut des bourgeois de Rouen, comme au temps des
défenses héroïques où s'illustra leur cité. — On se disait
enfin, raison suprême tirée de l'urbanité française, qu'il
demeurait bien permis d'être poli dans son intérieur
pourvu qu'on ne se montrât pas familier, en public, avec
le soldat étranger. Au dehors on ne se connaissait plus,
mais dans la maison on causait volontiers, et l'Allemand
demeurait plus longtemps, chaque soir, à se chauffer au
foyer commun.

La ville même reprenait peu à peu de son aspect ordi-
naire. Les Français ne sortaient guère encore, mais les
soldats prussiens grouillaient dans les rues. Du reste, les
officiers de hussards bleus, qui traînaient avec arrogance
leurs grands outils de mort sur le pavé, ne semblaient pas
avoir pour les simples citoyens énormément plus de
mépris que les officiers de chasseurs, qui, l'année d'avant,
buvaient aux mêmes cafés.

Il y avait cependant quelque chose dans l'air, quelque
chose de subtil et d'inconnu, une atmosphère étrangère
intolérable, comme une odeur répandue, l'odeur de l'inva-
sion. Elle emplissait les demeures et les places publiques,
changeait le goût des aliments, donnait l'impression
d'être en voyage, très loin, chez des tribus barbares et
dangereuses.

Les vainqueurs exigeaient de l'argent, beaucoup
d'argent. Les habitants payaient toujours ; ils étaient
riches d'ailleurs. Mais plus un négociant normand devient
opulent et plus il souffre de tout sacrifice, de toute
parcelle de sa fortune qu'il voit passer aux mains d'un
autre.

Cependant, à deux ou trois lieues sous la ville, en suivant le cours de la rivière, vers Croisset, Dieppedalle ou Biessart, les mariniers et les pêcheurs ramenaient souvent du fond de l'eau quelque cadavre d'Allemand gonflé dans son uniforme, tué d'un coup de couteau ou de savate, la tête écrasée par une pierre, ou jeté à l'eau d'une poussée du haut d'un pont. Les vases du fleuve ensevelissaient ces vengeances obscures, sauvages et légitimes, héroïsmes inconnus, attaques muettes, plus périlleuses que les batailles au grand jour et sans le retentissement de la gloire.

Car la haine de l'Étranger arme toujours quelques Intrépides prêts à mourir pour une Idée.

Enfin, comme les envahisseurs, bien qu'assujétissant la ville à leur inflexible discipline, n'avaient accompli aucune des horreurs que la renommée leur faisait commettre tout le long de leur marche triomphale, on s'enhardit, et le besoin du négoce travailla de nouveau le cœur des commerçants du pays. Quelques-uns avaient de gros intérêts engagés au Havre que l'armée française occupait, et ils voulurent tenter de gagner ce port en allant par terre à Dieppe où ils s'embarqueraient.

On employa l'influence des officiers allemands dont on avait fait la connaissance, et une autorisation de départ fut obtenue du général en chef.

Donc, une grande diligence à quatre chevaux ayant été retenue pour ce voyage, et dix personnes s'étant fait inscrire chez le voiturier, on résolut de partir un mardi matin, avant le jour, pour éviter tout rassemblement.

Depuis quelque temps déjà la gelée avait durci la

terre, et le lundi, vers trois heures, de gros nuages noirs venant du Nord apportèrent la neige qui tomba sans interruption pendant toute la soirée et toute la nuit.

A quatre heures et demie du matin, les voyageurs se réunirent dans la cour de l'Hôtel de Normandie, où l'on devait monter en voiture.

Ils étaient encore pleins de sommeil, et grelottaient de froid sous leurs couvertures. On se voyait mal dans l'obscurité ; et l'entassement des lourds vêtements d'hiver faisait ressembler tous ces corps à des curés obèses avec leurs longues soutanes. Mais deux hommes se reconnurent, un troisième les aborda, ils causèrent : — « J'emmène ma femme, » — dit l'un. — « J'en fais autant. » — « Et moi aussi. » — Le premier ajouta : — « Nous ne reviendrons pas à Rouen, et si les Prussiens approchent du Havre nous gagnerons l'Angleterre. » — Tous avaient les mêmes projets, étant de complexion semblable.

Cependant on n'attelait pas la voiture. Une petite lanterne, que portait un valet d'écurie, sortait de temps à autre d'une porte obscure pour disparaître immédiatement dans une autre. Des pieds de chevaux frappaient la terre, amortis par le fumier des litières, et une voix d'homme parlant aux bêtes et jurant s'entendait au fond du bâtiment. Un léger murmure de grelots annonça qu'on maniait les harnais ; ce murmure devint bientôt un frémissement clair et continu, rythmé par le mouvement de l'animal, s'arrêtant parfois, puis reprenant dans une brusque secousse qu'accompagnait le bruit mat d'un sabot ferré battant le sol.

La porte subitement se ferma. Tout bruit cessa. Les

bourgeois gelés s'étaient tus ; ils demeuraient immobiles
et roidis.

Un rideau de flocons blancs ininterrompu miroitait
sans cesse en descendant vers la terre ; il effaçait les
formes, poudrait les choses d'une mousse de glace ; et
l'on n'entendait plus, dans le grand silence de la ville
calme et ensevelie sous l'hiver, que ce froissement vague,
innommable et flottant, de la neige qui tombe, plutôt
sensation que bruit, entremêlement d'atomes légers qui
semblaient emplir l'espace, couvrir le monde.

L'homme reparut, avec sa lanterne, tirant au bout
d'une corde un cheval triste qui ne venait pas volontiers.
Il le plaça contre le timon, attacha les traits, tourna long-
temps autour pour assurer les harnais, car il ne pouvait
se servir que d'une main, l'autre portant sa lumière.
Comme il allait chercher la seconde bête, il remarqua tous
ces voyageurs immobiles, déjà blancs de neige, et leur
dit : — « Pourquoi ne montez-vous pas dans la voiture,
vous serez à l'abri, au moins. »

Ils n'y avaient pas songé, sans doute, et ils se préci-
pitèrent. Les trois hommes installèrent leurs femmes dans
le fond, montèrent ensuite ; puis les autres formes indé-
cises et voilées prirent à leur tour les dernières places sans
échanger une parole.

Le plancher était couvert de paille où les pieds s'en-
foncèrent. Les dames du fond, ayant apporté des petites
chaufferettes en cuivre avec un charbon chimique, allu-
mèrent ces appareils, et, pendant quelque temps, à voix
basse, elles en énumérèrent les avantages, se répétant des
choses qu'elles savaient déjà depuis longtemps.

Enfin, la diligence étant attelée, avec six chevaux au
lieu de quatre à cause du tirage plus pénible, une voix du
dehors demanda : — « Tout le monde est-il monté ? » —
Une voix du dedans répondit : — « Oui. » — On
partit.

La voiture avançait lentement, lentement, à tout
petits pas. Les roues s'enfonçaient dans la neige ; le coffre
entier geignait avec des craquements sourds ; les bêtes
glissaient, soufflaient, fumaient ; et le fouet gigantesque
du cocher claquait sans repos, voltigeait de tous les côtés,
se nouant et se déroulant comme un serpent mince, et
cinglant brusquement quelque croupe rebondie qui se
tendait alors sous un effort plus violent.

Mais le jour imperceptiblement grandissait. Ces
flocons légers qu'un voyageur, Rouennais pur sang, avait
comparés à une pluie de coton, ne tombaient plus. Une
lueur sale filtrait à travers de gros nuages obscurs et
lourds qui rendaient plus éclatante la blancheur de la
campagne où apparaissaient tantôt une ligne de grands
arbres vêtus de givre, tantôt une chaumière avec un
capuchon de neige.

Dans la voiture, on se regardait curieusement, à la
triste clarté de cette aurore.

Tout au fond, aux meilleures places, sommeillaient,
en face l'un de l'autre, M. et M^{me} Loiseau, des marchands
de vins en gros de la rue Grand-Pont.

Ancien commis d'un patron ruiné dans les affaires,
Loiseau avait acheté le fonds et fait fortune. Il vendait à
très bon marché de très mauvais vin aux petits débitants
des campagnes et passait parmi ses connaissances et ses

amis pour un fripon madré, un vrai Normand plein de
ruses et de jovialité.

Sa réputation de filou était si bien établie, qu'un soir,
à la préfecture, M. Tournel, auteur de fables et de chan-
sons, esprit mordant et fin, une gloire locale, ayant pro-
posé aux dames qu'il voyait un peu somnolentes de faire
une partie de « Loiseau vole », le mot lui-même vola à
travers les salons du préfet, puis, gagnant ceux de la ville,
avait fait rire pendant un mois toutes les mâchoires de la
province.

Loiseau était en outre célèbre par ses farces de toute
nature, ses plaisanteries bonnes ou mauvaises ; et personne
ne pouvait parler de lui sans ajouter immédiatement : —
« Il est impayable, ce Loiseau. »

De taille exiguë, il présentait un ventre en ballon
surmonté d'une face rougeaude entre deux favoris gri-
sonnants.

Sa femme, grande, forte, résolue, avec la voix haute
et la décision rapide, était l'ordre et l'arithmétique de
la maison de commerce, qu'il animait par son activité
joyeuse.

A côté d'eux se tenait, plus digne, appartenant à une
caste supérieure, M. Carré-Lamadon, homme considé-
rable, posé dans les cotons, propriétaire de trois filatures,
officier de la Légion d'honneur et membre du Conseil
général. Il était resté, tout le temps de l'Empire, chef de
l'opposition bienveillante, uniquement pour se faire payer
plus cher son ralliement à la cause qu'il combattait avec
des armes courtoises, selon sa propre expression.
Mme Carré-Lamadon, beaucoup plus jeune que son mari,

demeurait la consolation des officiers de bonne famille envoyés à Rouen en garnison.

Elle faisait vis-à-vis à son époux, toute petite, toute mignonne, toute jolie, pelotonnée dans ses fourrures, et regardait d'un œil navré l'intérieur lamentable de la voiture.

Ses voisins, le comte et la comtesse Hubert de Bréville, portaient un des noms les plus anciens et les plus nobles de Normandie. Le comte, vieux gentilhomme de grande tournure, s'efforçait d'accentuer, par les artifices de sa toilette, sa ressemblance naturelle avec le roy Henri IV qui, suivant une légende glorieuse pour la famille, avait rendu grosse une dame de Bréville dont le mari, pour ce fait, était devenu comte et gouverneur de province.

Collègue de M. Carré-Lamadon au Conseil général, le comte Hubert représentait le parti orléaniste dans le département. L'histoire de son mariage avec la fille d'un petit armateur de Nantes était toujours demeurée mystérieuse. Mais comme la comtesse avait grand air, recevait mieux que personne, passait même pour avoir été aimée par un des fils de Louis-Philippe, toute la noblesse lui faisait fête, et son salon demeurait le premier du pays, le seul où se conservât la vieille galanterie, et dont l'entrée fût difficile.

La fortune des Bréville, toute en biens-fonds, atteignait, disait-on, cinq cent mille livres de revenu.

Ces six personnes formaient le fond de la voiture, le côté de la société rentée, sereine et forte, des honnêtes gens autorisés qui ont de la Religion et des Principes.

Par un hasard étrange, toutes les femmes se trouvaient sur le même banc ; et la comtesse avait encore pour voisines deux bonnes sœurs qui égrenaient de longs chapelets en marmottant des *Pater* et des *Ave*. L'une était vieille avec une face défoncée par la petite vérole comme si elle eût reçu à bout portant une bordée de mitraille en pleine figure. L'autre, très chétive, avait une tête jolie et maladive sur une poitrine de phtisique rongée par cette foi dévorante qui fait les martyrs et les illuminés.

En face des deux religieuses, un homme et une femme attiraient les regards de tous.

L'homme, bien connu, était Cornudet le démoc, la terreur des gens respectables. Depuis vingt ans, il trempait sa grande barbe rousse dans les bocks de tous les cafés démocratiques. Il avait mangé avec les frères et amis une assez belle fortune qu'il tenait de son père, ancien confiseur, et il attendait impatiemment la République pour obtenir enfin la place méritée par tant de consommations révolutionnaires. Au Quatre Septembre, par suite d'une farce peut-être, il s'était cru nommé préfet, mais quand il voulut entrer en fonctions, les garçons de bureau, demeurés seuls maîtres de la place, refusèrent de le reconnaître, ce qui le contraignit à la retraite. Fort bon garçon, du reste, inoffensif et serviable, il s'était occupé avec une ardeur incomparable d'organiser la défense. Il avait fait creuser des trous dans les plaines, coucher tous les jeunes arbres des forêts voisines, semé des pièges sur toutes les routes, et, à l'approche de l'ennemi, satisfait de ses préparatifs, il s'était vivement replié vers la ville.

Il pensait maintenant se rendre encore plus utile

au Havre, où de nouveaux retranchements allaient être nécessaires.

La femme, une de celles appelées galantes, était célèbre par son embonpoint précoce qui lui avait valu le surnom de Boule de Suif. Petite, ronde de partout, grasse à lard, avec des doigts bouffis, étranglés aux phalanges, pareils à des chapelets de courtes saucisses; avec une peau luisante et tendue, une gorge énorme qui saillait sous sa robe, elle restait cependant appétissante et courue, tant sa fraîcheur faisait plaisir à voir. Sa figure était une pomme rouge, un bouton de pivoine prêt à fleurir; et là-dedans s'ouvraient, en haut, deux yeux noirs magnifiques, ombragés de grands cils épais qui mettaient une ombre dedans; en bas, une bouche charmante, étroite, humide pour le baiser, meublée de quenottes luisantes et microscopiques.

Elle était de plus, disait-on, pleine de qualités inappréciables.

Aussitôt qu'elle fut reconnue, des chuchotements coururent parmi les femmes honnêtes, et les mots de « prostituée », de « honte publique » furent chuchotés si haut qu'elle leva la tête. Alors elle promena sur ses voisins un regard tellement provocant et hardi qu'un grand silence aussitôt régna, et tout le monde baissa les yeux à l'exception de Loiseau, qui la guettait d'un air émoustillé.

Mais bientôt la conversation reprit entre les trois dames, que la présence de cette fille avait rendues subitement amies, presque intimes. Elles devaient faire, leur semblait-il, comme un faisceau de leurs dignités d'épouses

en face de cette vendue sans vergogne ; car l'amour légal le prend toujours de haut avec son libre confrère.

Les trois hommes aussi, rapprochés par un instinct de conservateurs à l'aspect de Cornudet, parlaient argent d'un certain ton dédaigneux pour les pauvres. Le comte Hubert disait les dégâts que lui avaient fait subir les Prussiens, les pertes qui résulteraient du bétail volé et des récoltes perdues, avec une assurance de grand seigneur dix fois millionnaire que ces ravages gêneraient à peine une année. M. Carré-Lamadon, fort éprouvé dans l'industrie cotonnière, avait eu soin d'envoyer six cent mille francs en Angleterre, une poire pour la soif qu'il se ménageait à toute occasion. Quant à Loiseau, il s'était arrangé pour vendre à l'Intendance française tous les vins communs qui lui restaient en cave, de sorte que l'État lui devait une somme formidable qu'il comptait bien toucher au Havre.

Et tous les trois se jetaient des coups d'œil rapides et amicaux. Bien que de conditions différentes, ils se sentaient frères par l'argent, de la grande franc-maçonnerie de ceux qui possèdent, qui font sonner de l'or en mettant la main dans la poche de leur culotte.

La voiture allait si lentement qu'à dix heures du matin on n'avait pas fait quatre lieues. Les hommes descendirent trois fois pour monter des côtes à pied. On commençait à s'inquiéter, car on devait déjeuner à Tôtes et l'on désespérait maintenant d'y parvenir avant la nuit. Chacun guettait pour apercevoir un cabaret sur la route, quand la diligence sombra dans un amoncellement de neige et **il fallut deux heures** pour la dégager.

L'appétit grandissait, troublait les esprits ; et aucune gargote, aucun marchand de vin ne se montraient, l'approche des Prussiens et le passage des troupes françaises affamées ayant effrayé toutes les industries.

Les messieurs coururent aux provisions dans les fermes au bord du chemin, mais ils n'y trouvèrent pas même de pain, car le paysan défiant cachait ses réserves dans la crainte d'être pillé par les soldats qui, n'ayant rien à se mettre sous la dent, prenaient par force ce qu'ils découvraient.

Vers une heure de l'après-midi, Loiseau annonça que décidément il se sentait un rude creux dans l'estomac. Tout le monde souffrait comme lui depuis longtemps ; et le violent besoin de manger, augmentant toujours, avait tué les conversations.

De temps en temps, quelqu'un bâillait ; un autre presque aussitôt l'imitait ; et chacun, à tour de rôle, suivant son caractère, son savoir-vivre et sa position sociale, ouvrait la bouche avec fracas ou modestement en portant vite sa main devant le trou béant d'où sortait une vapeur.

Boule de Suif, à plusieurs reprises, se pencha comme si elle cherchait quelque chose sous ses jupons. Elle hésitait une seconde, regardait ses voisins, puis se redressait tranquillement. Les figures étaient pâles et crispées. Loiseau affirma qu'il payerait mille francs un jambonneau. Sa femme fit un geste comme pour protester ; puis elle se calma. Elle souffrait toujours en entendant parler d'argent gaspillé, et ne comprenait même pas les plaisanteries sur ce sujet. « Le fait est que je ne me sens pas bien, dit le comte, comment n'ai-je pas songé à apporter

des provisions ? » — Chacun se faisait le même reproche.

Cependant, Cornudet avait une gourde pleine de rhum ; il en offrit ; on refusa froidement. Loiseau seul en accepta deux gouttes, et, lorsqu'il rendit la gourde, il remercia : « C'est bon tout de même, ça réchauffe, et ça trompe l'appétit. » — L'alcool le mit en belle humeur et il proposa de faire comme sur le petit navire de la chanson : de manger le plus gras des voyageurs. Cette allusion indirecte à Boule de Suif choqua les gens bien élevés. On ne répondit pas ; Cornudet seul eut un sourire. Les deux bonnes sœurs avaient cessé de marmotter leur rosaire, et, les mains enfoncées dans leurs grandes manches, elles se tenaient immobiles, baissant obstinément les yeux, offrant sans doute au Ciel la souffrance qu'il leur envoyait.

Enfin, à trois heures, comme on se trouvait au milieu d'une plaine interminable, sans un seul village en vue, Boule de Suif se baissant vivement, retira de sous la banquette un large panier couvert d'une serviette blanche.

Elle en sortit d'abord une petite assiette de faïence, une fine timbale en argent, puis une vaste terrine dans laquelle deux poulets entiers, tout découpés, avaient confi sous leur gelée ; et l'on apercevait encore dans le panier d'autres bonnes choses enveloppées, des pâtés, des fruits, des friandises, les provisions préparées pour un voyage de trois jours, afin de ne point toucher à la cuisine des auberges. Quatre goulots de bouteilles passaient entre les paquets de nourriture. Elle prit une aile de poulet et, délicatement, se mit à la manger avec un de ces petits pains qu'on appelle « Régence » en Normandie.

Tous les regards étaient tendus vers elle. Puis l'odeur

se répandit, élargissant les narines, faisant venir aux bouches une salive abondante avec une contraction douloureuse de la mâchoire sous les oreilles. Le mépris des dames pour cette fille devenait féroce, comme une envie de la tuer ou de la jeter en bas de la voiture, dans la neige, elle, sa timbale, son panier et ses provisions.

Mais Loiseau dévorait des yeux la terrine de poulet. Il dit : « A la bonne heure, madame a eu plus de précaution que nous. Il y a des personnes qui savent toujours penser à tout. » Elle leva la tête vers lui : « Si vous en désirez, monsieur? C'est dur de jeûner depuis le matin. » Il salua : « Ma foi, franchement, je ne refuse pas, je n'en peux plus. A la guerre comme à la guerre, n'est-ce pas, madame? » Et, jetant un regard circulaire, il ajouta : « Dans des moments comme celui-ci, on est bien aise de trouver des gens qui vous obligent. » — Il avait un journal qu'il étendit pour ne point tacher son pantalon, et sur la pointe d'un couteau toujours logé dans sa poche, il enleva une cuisse toute vernie de gelée, la dépeça des dents, puis la mâcha avec une satisfaction si évidente qu'il y eut dans la voiture un grand soupir de détresse.

Mais Boule de Suif, d'une voix humble et douce, proposa aux bonnes sœurs de partager sa collation. Elles acceptèrent toutes les deux instantanément, et, sans lever les yeux, se mirent à manger très vite après avoir balbutié des remerciements. Cornudet ne refusa pas non plus les offres de sa voisine, et l'on forma avec les religieuses une sorte de table en développant des journaux sur les genoux.

Les bouches s'ouvraient et se fermaient sans cesse,

avalaient, mastiquaient, engloutissaient férocement. Loi. seau, dans son coin, travaillait dur, et, à voix basse, il engageait sa femme à l'imiter. Elle résista longtemps, puis, après une crispation qui lui parcourut les entrailles, elle céda. Alors son mari, arrondissant sa phrase, demanda à leur « charmante compagne » si elle lui permettait d'offrir un petit morceau à M^me Loiseau. Elle dit : « Mais oui, certainement, monsieur, » avec un sourire aimable, et tendit la terrine.

Un embarras se produisit lorsqu'on eût débouché la première bouteille de bordeaux : il n'y avait qu'une timbale. On se la passa après l'avoir essuyée. Cornudet seul, par galanterie sans doute, posa ses lèvres à la place humide encore des lèvres de sa voisine.

Alors, entourés de gens qui mangeaient, suffoqués par les émanations des nourritures, le comte et la comtesse de Bréville, ainsi que M. et M^me Carré-Lamadon souffrirent ce supplice odieux qui a gardé le nom de Tantale. Tout d'un coup la jeune femme du manufacturier poussa un soupir qui fit retourner les têtes ; elle était aussi blanche que la neige du dehors ; ses yeux se fermèrent, son front tomba : elle avait perdu connaissance. Son mari, affolé, implorait le secours de tout le monde. Chacun perdait l'esprit, quand la plus âgée des bonnes sœurs, soutenant la tête de la malade, glissa entre ses lèvres la timbale de Boule de Suif et lui fit avaler quelques gouttes de vin. La jolie dame remua, ouvrit les yeux, sourit et déclara d'une voix mourante qu'elle se sentait fort bien maintenant. Mais, afin que cela ne se renouvelât plus, la religieuse la contraignit à boire un plein verre de bor-

deaux, et elle ajouta : — « C'est la faim, pas autre chose. »

Alors Boule de Suif, rougissante et embarrassée, bal-
butia en regardant les quatre voyageurs restés à jeun :
« Mon Dieu, si j'osais offrir à ces messieurs et à ces
dames... » Elle se tut, craignant un outrage. Loiseau prit
la parole : « Eh, parbleu, dans des cas pareils tout le
monde est frère et doit s'aider. Allons, mesdames, pas de
cérémonie, acceptez, que diable ! Savons-nous si nous
trouverons seulement une maison où passer la nuit? Du
train dont nous allons nous ne serons pas à Tôtes avant
demain midi. » — On hésitait, personne n'osant assumer
la responsabilité du « oui ».

Mais le comte trancha la question. Il se tourna vers la
grosse fille intimidée, et, prenant son grand air de gentil-
homme, il lui dit : « Nous acceptons avec reconnaissance,
madame. »

Le premier pas seul coûtait. Une fois le Rubicon passé,
on s'en donna carrément. Le panier fut vidé. Il contenait
encore un pâté de foie gras, un pâté de mauviettes, un
morceau de langue fumée, des poires de Crassane, un
pavé de Pont-l'Évêque, des petits-fours et une tasse pleine
de cornichons et d'oignons au vinaigre, Boule de Suif,
comme toutes les femmes, adorant les crudités.

On ne pouvait manger les provisions de cette fille sans
lui parler. Donc on causa, avec réserve d'abord, puis,
comme elle se tenait fort bien, on s'abandonna davantage.
Mmes de Bréville et Carré-Lamadon, qui avaient un grand
savoir-vivre, se firent gracieuses avec délicatesse. La com-
tesse surtout montra cette condescendance aimable des
très nobles dames qu'aucun contact ne peut salir, et fut

charmante. Mais la forte M^{me} Loiseau, qui avait une âme
de gendarme, resta revêche, parlant peu et mangeant
beaucoup.

On s'entretint de la guerre, naturellement. On raconta
des faits horribles des Prussiens, des traits de bravoure
des Français ; et tous ces gens qui fuyaient rendirent
hommage au courage des autres. Les *histoires* person-
nelles commencèrent bientôt, et Boule de Suif raconta,
avec une *émotion vraie*, avec cette chaleur de parole
qu'ont parfois les filles pour exprimer leurs emporte-
ments *naturels*, comment elle avait quitté Rouen :
« J'ai cru d'abord que je pourrais rester, dit-elle. J'avais
ma maison pleine de provisions, et j'aimais mieux nourrir
quelques soldats que m'expatrier je ne sais où. Mais
quand je les ai vus, ces Prussiens, ce fut plus fort que
moi ! Ils m'ont tourné le sang de colère ; et j'ai pleuré de
honte toute la journée. Oh ! si j'étais un homme, allez !
Je les regardais de ma fenêtre, ces gros porcs avec leur
casque à pointe, et ma bonne me tenait les mains pour
m'empêcher de leur jeter mon mobilier sur le dos. Puis il
en est venu pour loger chez moi ; alors j'ai sauté à la
gorge du premier. Ils ne sont pas plus difficiles à étran-
gler que d'autres ! Et je l'aurais terminé, celui-là, si l'on
ne m'avait pas tirée par les cheveux. Il a fallu me cacher
après ça. Enfin, quand j'ai trouvé une occasion, je suis
partie, et me voici. »

On la félicita beaucoup. Elle grandissait dans l'estime
de ses compagnons qui ne s'étaient pas montrés si crânes ;
et Cornudet, en l'écoutant, gardait un sourire approbateur
et bienveillant d'apôtre ; de même un prêtre entend un

dévôt louer Dieu, car les démocrates à longue barbe ont le monopole du patriotisme comme les hommes en soutane ont celui de la religion. Il parla à son tour d'un ton doctrinaire, avec l'emphase apprise dans les proclamations qu'on collait chaque jour aux murs, et il finit par un morceau d'éloquence où il étrillait magistralement cette « crapule de Badinguet ».

Mais Boule de Suif aussitôt se fâcha, car elle était bonapartiste. Elle devenait plus rouge qu'une guigne, et, bégayant d'indignation : « J'aurais bien voulu vous voir à sa place, vous autres. Ça aurait été du propre, ah oui ! C'est vous qui l'avez trahi, cet homme ! On n'aurait plus qu'à quitter la France si l'on était gouverné par des polissons comme vous ! » Cornudet, impassible, gardait un sourire dédaigneux et supérieur, mais on sentait que les gros mots allaient arriver quand le comte s'interposa et calma, non sans peine, la fille exaspérée, en proclamant avec autorité que toutes les opinions sincères étaient respectables. Cependant la comtesse et la manufacturière, qui avaient dans l'âme la haine irraisonnée des gens comme il faut pour la République, et cette instinctive tendresse que nourrissent toutes les femmes pour les gouvernements à panache et despotiques, se sentaient, malgré elles, attirées vers cette prostituée pleine de dignité, dont les sentiments ressemblaient si fort aux leurs.

Le panier était vide. A dix on l'avait tari sans peine, en regrettant qu'il ne fût pas plus grand. La conversation continua quelque temps, un peu refroidie néanmoins depuis qu'on avait fini de manger.

La nuit tombait, l'obscurité peu à peu devint profonde, et le froid, plus sensible pendant les digestions, faisait frissonner Boule de Suif, malgré sa graisse. Alors M^me de Bréville lui proposa sa chaufferette dont le charbon, depuis le matin, avait été plusieurs fois renouvelé, et l'autre accepta tout de suite, car elle se sentait les pieds gelés. M^mes Carré-Lamadon et Loiseau donnèrent les leurs aux religieuses.

Le cocher avait allumé ses lanternes. Elles éclairaient d'une lueur vive un nuage de buée au-dessus de la croupe en sueur des timoniers, et, des deux côtés de la route, la neige qui semblait se dérouler sous le reflet mobile des lumières.

On ne distinguait plus rien dans la voiture; mais tout à coup un mouvement se fit entre Boule de Suif et Cornudet; et Loiseau, dont l'œil fouillait l'ombre, crut voir l'homme à la grande barbe s'écarter vivement comme s'il eût reçu quelque bon coup lancé sans bruit.

Des petits points de feu parurent en avant sur la route. C'était Tôtes. On avait marché onze heures, ce qui, avec les deux heures de repos laissées en quatre fois aux chevaux pour manger l'avoine et souffler, faisait quatorze. On entra dans le bourg et devant l'Hôtel du Commerce on s'arrêta.

La portière s'ouvrit! Un bruit bien connu fit tressaillir tous les voyageurs; c'étaient les heurts d'un fourreau de sabre sur le sol. Aussitôt la voix d'un Allemand cria quelque chose.

Bien que la diligence fût immobile, personne ne descendait, comme si l'on se fût attendu à être massacré

à la sortie. Alors le conducteur apparut, tenant à la main une de ses lanternes qui éclaira subitement jusqu'au fond de la voiture les deux rangs de têtes effarées, dont les bouches étaient ouvertes et les yeux écarquillés de surprise et d'épouvante.

A côté du cocher se tenait, en pleine lumière, un officier allemand, un grand jeune homme excessivement mince et blond, serré dans son uniforme comme une fille en son corset, et portant sur le côté sa casquette plate et cirée qui le faisait ressembler au chasseur d'un hôtel anglais. Sa moustache démesurée, à longs poils droits, s'amincissant indéfiniment de chaque côté et terminée par un seul fil blond, si mince qu'on n'en apercevait pas la fin, semblait peser sur les coins de sa bouche, et, tirant la joue, imprimait aux lèvres un pli tombant.

Il invita en français d'Alsacien les voyageurs à sortir, disant d'un ton raide: — Foulez-vous tescentre, messieurs et tames? »

Les deux bonnes sœurs obéirent les premières avec une docilité de saintes filles habituées à toutes les soumissions. Le comte et la comtesse parurent ensuite, suivis du manufacturier et de sa femme, puis de Loiseau poussant devant lui sa grande moitié. Celui-ci, en mettant pied à terre, dit à l'officier: « Bonjour monsieur », par un sentiment de prudence bien plus que par politesse. L'autre insolent comme les gens tout-puissants, le regarda sans répondre.

Boule de Suif et Cornudet, bien que près de la portière, descendirent les derniers, graves et hautains devant l'ennemi. La grosse fille tâchait de se dominer et d'être calme: le démoc tourmentait d'une main tragique et un

peu tremblante sa longue barbe roussâtre. Ils voulaient garder de la dignité, comprenant qu'en ces rencontres-là chacun représente un peu son pays ; et pareillement révoltés par la souplesse de leurs compagnons, elle, tâchait de se montrer plus fière que ses voisines, les femmes honnêtes, tandis que lui, sentant bien qu'il devait l'exemple, continuait en toute son attitude sa mission de résistance commencée au défoncement des routes.

On entra dans la vaste cuisine de l'auberge, et l'Allemand, s'étant fait présenter l'autorisation de départ signée par le général en chef et où étaient mentionnés les noms, le signalement et la profession de chaque voyageur, examina longuement tout ce monde, comparant les personnes aux renseignements écrits.

Puis il dit brusquement: — « C'est pien », et il disparut.

Alors on respira. On avait faim encore ; le souper fut commandé. Une demi-heure était nécessaire pour l'apprêter ; et, pendant que deux servantes avaient l'air de s'en occuper, on alla visiter les chambres. Elles se trouvaient toutes dans un long couloir que terminait une porte vitrée marquée d'un numéro parlant.

Enfin on allait se mettre à table, quand le patron de l'auberge parut lui-même. C'était un ancien marchand de chevaux, un gros homme asthmatique, qui avait toujours des sifflements, des enrouements, des chants de glaires dans le larynx. Son père lui avait transmis le nom de Follenvie.

Il demanda:

— Mademoiselle Élisabeth Rousset ?

Boule de Suif tressaillit, se retourna :

— C'est moi.

— Mademoiselle, l'officier prussien veut vous parler immédiatement.

— A moi ?

— Oui, si vous êtes bien mademoiselle Élisabeth Rousset.

Elle se troubla, réfléchit une seconde, puis déclara carrément :

— C'est possible, mais je n'irai pas.

Un mouvement se fit autour d'elle ; chacun discutait, cherchait la cause de cet ordre. Le comte s'approcha :

— Vous avez tort, madame, car votre refus peut amener des difficultés considérables, non seulement pour vous, mais même pour tous vos compagnons. Il ne faut jamais résister aux gens qui sont les plus forts. Cette démarche assurément ne peut présenter aucun danger ; c'est sans doute pour quelque formalité oubliée.

Tout le monde se joignit à lui, on la pria, on la pressa, on la sermonna, et l'on finit par la convaincre ; car tous redoutaient les complications qui pourraient résulter d'un coup de tête. Elle dit enfin :

— C'est pour vous que je le fais, bien sûr !

La comtesse lui prit la main :

— Et nous vous remercions.

Elle sortit. On l'attendit pour se mettre à table.

Chacun se désolait de n'avoir pas été demandé à la place de cette fille violente et irascible, et préparait mentalement des platitudes pour le cas où on l'appellerait à son tour.

Mais, au bout de dix minutes, elle reparut, soufflant, rouge à suffoquer, exaspérée. Elle balbutiait : « Oh ! la canaille ! la canaille ! »

Tous s'empressaient pour savoir, mais elle ne dit rien ; et comme le comte insistait, elle répondit avec une grande dignité : « Non, cela ne vous regarde pas, je ne peux pas parler. »

Alors on s'assit autour d'une haute soupière d'où sortait un parfum de choux. Malgré cette alerte, le souper fut gai. Le cidre était bon, le ménage Loiseau et les bonnes sœurs en prirent, par économie. Les autres demandèrent du vin ; Cornudet réclama de la bière. Il avait une façon particulière de déboucher la bouteille, de faire mousser le liquide, de le considérer en penchant le verre, qu'il élevait ensuite entre la lampe et son œil pour bien apprécier la couleur. Quand il buvait, sa grande barbe, qui avait gardé la nuance de son breuvage aimé, semblait tressaillir de tendresse ; ses yeux louchaient pour ne point perdre de vue sa chope, et il avait l'air de remplir l'unique fonction pour laquelle il était né. On eût dit qu'il établissait en son esprit un rapprochement et comme une affinité entre les deux grandes passions qui occupaient toute sa vie : le Pale Ale et la Révolution ; et assurément il ne pouvait déguster l'un sans songer à l'autre.

M. et M^me Follenvie dînaient tout au bout de la table. L'homme, râlant comme une locomotive crevée, avait trop de tirage dans la poitrine pour pouvoir parler en mangeant ; mais la femme ne se taisait jamais. Elle raconta toutes ses impressions à l'arrivée des Prussiens, ce qu'ils faisaient, ce qu'ils disaient, les exécrant, d'abord, parce

qu'ils lui coûtaient de l'argent, et, ensuite, parce qu'elle avait deux fils à l'armée. Elle s'adressait surtout à la comtesse, flattée de causer avec une dame de qualité.

Puis elle baissait la voix pour dire des choses délicates, et son mari, de temps en temps, l'interrompait :

— Tu ferais mieux de te taire, madame Follenvie. Mais elle n'en tenait aucun compte, et continuait :

— Oui, madame, ces gens-là ça ne fait que manger des pommes de terre et du cochon, et puis du cochon et des pommes de terre. Et il ne faut pas croire qu'ils sont propres. — Oh non ! — Ils ordurent partout, sauf le respect que je vous dois. Et si vous les voyiez faire l'exercice pendant des heures et des jours ; ils sont là tous dans un champ : — et marche en avant, et marche en arrière, et tourne par-ci, et tourne par-là. — S'ils cultivaient la terre au moins, ou s'ils travaillaient aux routes dans leur pays ! — Mais non, madame, ces militaires, ça n'est profitable à personne ! Faut-il que le pauvre peuple les nourrisse pour n'apprendre rien qu'à massacrer ! — Je ne suis qu'une vieille femme sans éducation, c'est vrai, mais en les voyant qui s'esquintent le tempérament à piétiner du matin au soir, je me dis : — Quand il y a des gens qui font tant de découvertes pour être utiles, faut il que d'autres se donnent tant de mal pour être nuisibles ! Vraiment, n'est-ce pas une abomination de tuer des gens qu'ils soient Prussiens, ou bien Anglais, ou bien Polonais, ou bien Français ? — Si l'on se revenge sur quelqu'un qui vous a fait tort, c'est mal, puisqu'on vous condamne ; mais quand on extermine nos garçons comme du gibier, avec des fusils, c'est donc bien, puisqu'on donne des déco-

rations à celui qui en détruit le plus ? — Non, voyez-vous, je ne comprendrai jamais ça !

Cornudet éleva la voix :

— La guerre est une barbarie quand on attaque un voisin paisible ; c'est un devoir sacré quand on défend la patrie.

La vieille femme baissa la tête :

— Oui, quand on se défend, c'est autre chose ; mais si l'on ne devrait pas plutôt tuer tous les rois qui font ça pour leur plaisir ?

L'œil de Cornudet s'enflamma :

— Bravo, citoyenne ! dit-il.

M. Carré-Lamadon réfléchissait profondément. Bien qu'il fût fanatique des illustres capitaines, le bon sens de cette paysanne le faisait songer à l'opulence qu'apporteraient dans un pays tant de bras inoccupés et par conséquent ruineux, tant de forces qu'on entretient improductives, si on les employait aux grands travaux industriels qu'il faudra des siècles pour achever.

Mais Loiseau, quittant sa place, alla causer tout bas avec l'aubergiste. Le gros homme riait, toussait, crachait; son énorme ventre sautillait de joie aux plaisanteries de son voisin, et il lui acheta six feuillettes de bordeaux pour le printemps, quand les Prussiens seraient partis.

Le souper à peine achevé, comme on était brisé de fatigue, on se coucha.

Cependant Loiseau, qui avait observé les choses, fit mettre au lit son épouse, puis colla tantôt son oreille et tantôt son œil au trou de la serrure, pour tâcher de découvrir ce qu'il appelait : « les mystères du corridor ».

Au bout d'une heure environ, il entendit un frôlement, regarda bien vite, et aperçut Boule de Suif qui paraissait plus replète encore sous un peignoir de cachemire bleu, brodé de dentelles blanches. Elle tenait un bougeoir à la main et se dirigeait vers le gros numéro tout au fond du couloir. Mais une porte, à côté, s'entr'ouvrit, et, quand elle revint au bout de quelques minutes, Cornudet, en bretelles, la suivait. Ils parlaient bas, puis ils s'arrêtèrent. Boule de Suif semblait défendre l'entrée de sa chambre avec énergie. Loiseau, malheureusement, n'entendait pas les paroles, mais, à la fin, comme ils élevaient la voix, il put en saisir quelques-unes. Cornudet insistait avec vivacité. Il disait :

— Voyons, vous êtes bête, qu'est-ce que ça vous fait ?

Elle avait l'air indigné et répondit :

— Non, mon cher, il y a des moments où ces choses-là ne se font pas ; et puis, ici, ce serait une honte.

Il ne comprenait point, sans doute, et demanda pourquoi. Alors elle s'emporta, élevant encore le ton :

— Pourquoi ? Vous ne comprenez pas pourquoi ? Quand il y a des Prussiens dans la maison, dans la chambre à côté, peut-être ?

Il se tut. Cette pudeur patriotique de catin qui ne se laissait point caresser près de l'ennemi, dut réveiller en son cœur sa dignité défaillante, car, après l'avoir seulement embrassée, il regagna sa porte à pas de loup.

Loiseau, très allumé, quitta la serrure, battit un entrechat dans sa chambre, mit son madras, souleva le drap sous lequel gisait la dure carcasse de sa compagne qu'il

réveilla d'un baiser en murmurant : « M'aimes-tu, chérie? »

Alors toute la maison devint silencieuse. Mais bientôt s'éleva quelque part, dans une direction indéterminée qui pouvait être la cave aussi bien que le grenier, un ronflement puissant, monotone, régulier, un bruit sourd et prolongé, avec des tremblements de chaudière sous pression. M. Follenvie dormait.

Comme on avait décidé qu'on partirait à huit heures le lendemain, tout le monde se trouva dans la cuisine; mais la voiture, dont la bâche avait un toit de neige, se dressait solitaire au milieu de la cour, sans chevaux et sans conducteur. On chercha en vain celui-ci dans les écuries, dans les fourrages, dans les remises. Alors tous les hommes se résolurent à battre le pays et ils sortirent. Ils se trouvèrent sur la place, avec l'église au fond, et, des deux côtés, des maisons basses où l'on apercevait des soldats prussiens. Le premier qu'ils virent épluchait des pommes de terre. Le second, plus loin, lavait la boutique du coiffeur. Un autre, barbu jusqu'aux yeux, embrassait un mioche qui pleurait et le berçait sur ses genoux pour tâcher de l'apaiser ; et les grosses paysannes dont les hommes étaient à « l'armée de la guerre », indiquaient par signes à leurs vainqueurs obéissants le travail qu'il fallait entreprendre : fendre du bois, tremper la soupe, moudre le café; un d'eux même lavait le linge de son hôtesse, une aïeule tout impotente.

Le comte, étonné, interrogea le bedeau qui sortait du presbytère. Le vieux rat d'église lui répondit : « Oh ! ceux-là ne sont pas méchants; c'est pas des Prussiens à

ce qu'on dit. Ils sont de plus loin ; je ne sais pas bien d'où ; et ils ont tous laissé une femme et des enfants au pays ; ça ne les amuse pas, la guerre, allez ! Je suis sûr qu'on pleure bien aussi là-bas après les hommes ; et ça fournira une fameuse misère chez eux comme chez nous. Ici, encore, on n'est pas trop malheureux pour le moment, parce qu'ils ne font pas de mal et qu'ils travaillent comme s'ils étaient dans leurs maisons. Voyez-vous, monsieur, entre pauvres gens, faut bien qu'on s'aide... C'est les grands qui font la guerre. »

Cornudet, indigné de l'entente cordiale établie entre les vainqueurs et les vaincus, se retira, préférant s'enfermer dans l'auberge. Loiseau eut un mot pour rire : « Ils repeuplent. » M. Carré-Lamadon eut un mot grave : « Ils réparent. » Mais on ne trouvait pas le cocher. A la fin on le découvrit dans le café du village, attablé fraternellement avec l'ordonnance de l'officier. Le comte l'interpella :

— Ne vous avait-on pas donné l'ordre d'atteler pour huit heures ?

— Ah ! bien oui, mais on m'en a donné un autre depuis.

— Lequel ?

— De ne pas atteler du tout.

— Qui vous a donné cet ordre ?

— Ma foi ! le commandant prussien.

— Pourquoi ?

— Je n'en sais rien. Allez lui demander. On me défend d'atteler, moi je n'attelle pas. — Voilà.

— C'est lui-même qui vous a dit cela ?

— Non, monsieur, c'est l'aubergiste qui m'a donné
l'ordre de sa part.

— Quand ça?

— Hier soir, comme j'allais me coucher.

Les trois hommes rentrèrent fort inquiets.

On demanda M. Follenvie, mais la servante répondit
que Monsieur, à cause de son asthme, ne se levait jamais
avant dix heures. Il avait même formellement défendu de
le réveiller plus tôt, excepté en cas d'incendie.

On voulut voir l'officier, mais cela était impossible
absolument, bien qu'il logeât dans l'auberge, M. Follen-
vie seul était autorisé à lui parler pour les affaires civiles.
Alors on attendit. Les femmes remontèrent dans leurs
chambres, et des futilités les occupèrent.

Cornudet s'installa sous la haute cheminée de la cui-
sine où flambait un grand feu. Il se fit apporter là une
des petites tables du café, une canette, et il tira sa pipe
qui jouissait parmi les démocrates d'une considération
presque égale à la sienne, comme si elle avait servi la
patrie en servant à Cornudet. C'était une superbe pipe en
écume admirablement culottée, aussi noire que les dents
de son maître, mais parfumée, recourbée, luisante, fami-
lière à sa main, et complétant sa physionomie. Et il
demeura immobile, les yeux tantôt fixés sur la flamme
du foyer, tantôt sur la mousse qui couronnait sa chope;
et chaque fois qu'il avait bu, il passait d'un air satisfait
ses longs doigts maigres dans ses longs cheveux gras pen-
dant qu'il humait sa moustache frangée d'écume.

Loiseau, sous prétexte de se dégourdir les jambes,
alla placer du vin aux débitants du pays. Le comte et le

manufacturier se mirent à causer politique. Ils prévoyaient l'avenir de la France. L'un croyait aux d'Orléans, l'autre à un sauveur inconnu, un héros qui se révèlerait quand tout serait désespéré : un du Guesclin, une Jeanne d'Arc peut-être? ou un autre Napoléon Ier? Ah! si le prince impérial n'était pas si jeune! Cornudet, les écoutant, souriait en homme qui sait le mot des destinées. Sa pipe embaumait la cuisine.

Comme dix heures sonnaient, M. Follenvie parut. On l'interrogea bien vite ; mais il ne put que répéter deux ou trois fois, sans une variante, ces paroles : L'officier m'a dit comme ça : « Monsieur Follenvie, vous défendrez qu'on attelle demain la voiture de ces voyageurs. Je ne veux pas qu'ils partent sans mon ordre. Vous entendez. Ça suffit. »

Alors on voulut voir l'officier. Le comte lui envoya sa carte où M. Carré-Lamadon ajouta son nom et tous ses titres. Le Prussien fit répondre qu'il admettrait ces deux hommes à lui parler quand il aurait déjeuné, c'est-à-dire vers une heure.

Les dames reparurent et l'on mangea quelque peu, malgré l'inquiétude. Boule de Suif semblait malade et prodigieusement troublée.

On achevait le café quand l'ordonnance vint chercher ces messieurs.

Loiseau se joignit aux deux premiers ; mais comme on essayait d'entraîner Cornudet pour donner plus de solennité à leur démarche, il déclara fièrement qu'il entendait n'avoir jamais aucun rapport avec les Allemands ; et il se remit dans sa cheminée, demandant une autre canette.

Les trois hommes montèrent et furent introduits dans la plus belle chambre de l'auberge où l'officier les reçut, étendu dans un fauteuil, les pieds sur la cheminée, fumant une longue pipe de porcelaine, et enveloppé par une robe de chambre flamboyante, dérobée sans doute dans la demeure abandonnée de quelques bourgeois de mauvais goût. Il ne se leva pas, ne les salua pas, ne les regarda pas. Il présentait un magnifique échantillon de la goujaterie naturelle au militaire victorieux.

Au bout de quelques instants il dit enfin :

— Qu'est-ce que fous foulez?

Le comte prit la parole :

— Nous désirons partir, Monsieur.

— Non.

— Oserai-je vous demander la cause de ce refus ?

— Parce que che ne feux pas.

— Je vous ferai respectueusement observer, Monsieur, que votre général en chef nous a délivré une permission de départ pour gagner Dieppe; et je ne pense pas que nous ayons rien fait pour mériter vos rigueurs.

— Che ne feux pas... foilà tout... Fous poufez tes-centre.

S'étant inclinés tous les trois, ils se retirèrent.

L'après-midi fut lamentable. On ne comprenait rien à ce caprice d'Allemand; et les idées les plus singulières troublaient les têtes. Tout le monde se tenait dans la cuisine et l'on discutait sans fin, imaginant des choses invraisemblables. On voulait peut-être les garder comme otages — mais dans quel but ? — ou les emmener prisonniers? ou, plutôt, leur demander une rançon considé

rable? A cette pensée, une panique les affola. Les plus riches étaient les plus épouvantés, se voyant déjà contraints, pour racheter leur vie, de verser des sacs pleins d'or entre les mains de ce soldat insolent. Ils se creusaient la cervelle pour découvrir des mensonges acceptables, dissimuler leurs richesses, se faire passer pour pauvres, très pauvres. Loiseau enleva sa chaîne de montre et la cacha dans sa poche. La nuit qui tombait augmenta les appréhensions. La lampe fut allumée, et comme on avait encore deux heures avant le dîner, Mme Loiseau proposa une partie de trente-et-un. Ce serait une distraction. On accepta. Cornudet lui-même, ayant éteint sa pipe par politesse, y prit part.

Le comte battit les cartes — donna — Boule de Suif avait trente-et-un d'emblée ; et bientôt l'intérêt de la partie apaisa la crainte qui hantait les esprits. Mais Cornudet s'aperçut que le ménage Loiseau s'entendait pour tricher.

Comme on allait se mettre à table, M. Follenvie reparut ; et, de sa voix graillonnante, il prononça : « L'officier prussien fait demander à Mlle Élisabeth Rousset si elle n'a pas encore changé d'avis. »

Boule de Suif resta debout, toute pâle ; puis, devenant subitement cramoisie, elle eut un tel étouffement de colère qu'elle ne pouvait plus parler. Enfin elle éclata : « Vous lui direz à cette crapule, à ce saligaud, à cette Charogne de Prussien, que jamais je ne voudrai ; vous entendez bien, jamais, jamais, jamais. »

Le gros aubergiste sortit. Alors Boule de Suif fut entourée, interrogée, sollicitée par tout le monde de dévoiler le mystère de sa visite. Elle résista d'abord ; mais

l'exaspération domina bientôt : « Ce qu'il veut ?... ce qu'il
veut? Il veut coucher avec moi! » cria-t-elle. Personne ne se
choqua du mot, tant l'indignation fut vive. Cornudet
brisa sa chope en la reposant violemment sur la table.
C'était une clameur de réprobation contre ce soudard
ignoble, un souffle de colère, une union de tous pour la
résistance, comme si l'on eût demandé à chacun une par-
tie du sacrifice exigé d'elle. Le comte déclara avec dégoût
que ces gens-là se conduisaient à la façon des anciens
barbares. Les femmes surtout témoignèrent à Boule de
Suif une commisération énergique et caressante. Les
bonnes sœurs, qui ne se montraient qu'aux repas, avaient
baissé la tête et ne disaient rien.

On dîna néanmoins lorsque la première fureur fut
apaisée ; mais on parla peu : on songeait.

Les dames se retirèrent de bonne heure ; et les hommes,
tout en fumant, organisèrent un écarté auquel fut convié
M. Follenvie qu'on avait l'intention d'interroger habile-
ment sur les moyens à employer pour vaincre la résistance
de l'officier. Mais il ne songeait qu'à ses cartes, sans rien
écouter, sans rien répondre ;. et il répétait sans cesse :
« Au jeu, messieurs, au jeu. » Son attention était si ten-
due qu'il en oubliait de cracher, ce qui lui mettait parfois
des points d'orgue dans la poitrine. Ses poumons sifflants
donnaient toute la gamme de l'asthme, depuis les notes
graves et profondes jusqu'aux enrouements aigus des
jeunes coqs essayant de chanter.

Il refusa même de monter, quand sa femme, qui tom-
bait de sommeil, vint le chercher. Alors elle partit toute
seule, car elle était « du matin », toujours levée avec le

soleil, tandis que son homme était « du soir », toujours prêt à passer la nuit avec des amis. Il lui cria : « Tu placeras mon lait de poule devant le feu, » et se remit à sa partie. Quand on vit bien qu'on n'en pouvait rien tirer, on déclara qu'il était temps de s'en aller, et chacun gagna son lit.

On se leva encore d'assez bonne heure le lendemain avez un espoir indéterminé, un désir plus grand de s'en aller, une terreur du jour à passer dans cette horrible petite auberge.

Hélas ! les chevaux restaient à l'écurie, le cocher demeurait invisible. On alla, par désœuvrement, tourner autour de la voiture.

Le déjeuner fut bien triste ; et il s'était produit comme un refroidissement vis-à-vis de Boule de Suif, car la nuit, qui porte conseil, avait un peu modifié les jugements. On en voulait presque à cette fille, maintenant, de n'avoir pas été trouver secrètement le Prussien, afin de ménager, au réveil, une bonne surprise à ses compagnons. Quoi de plus simple ? Qui l'eût su, d'ailleurs ? Elle aurait pu sauver les apparences en faisant dire à l'officier qu'elle prenait en pitié leur détresse. Pour elle, ça avait si peu d'importance !

Mais personne n'avouait encore ces pensées.

Dans l'après-midi, comme on s'ennuyait à périr, le comte proposa de faire une promenade aux alentours du village. Chacun s'enveloppa avec soin et la petite société partit, à l'exception de Cornudet, qui préférait rester près du feu, et des bonnes sœurs, qui passaient leurs journées dans l'église ou chez le curé.

Le froid, plus intense de jour en jour, piquait cruelle-
ment le nez et les oreilles ; les pieds devenaient si dou-
loureux que chaque pas était une souffrance ; et lorsque
la campagne se découvrit, elle leur apparut si effroyable-
ment lugubre sous cette blancheur illimitée que tout le
monde aussitôt retourna, l'âme glacée et le cœur serré.

Les quatre femmes marchaient devant, les trois
hommes suivaient, un peu derrière.

Loiseau, qui comprenait la situation, demanda tout à
coup si cette « garce-là » allait les faire rester longtemps
encore dans un pareil endroit. Le comte, toujours cour-
tois, dit qu'on ne pouvait exiger d'une femme un sacrifice
aussi pénible, et qu'il devait venir d'elle-même. M. Carré-
Lamadon remarqua que si les Français faisaient, comme
il en était question, un retour offensif par Dieppe, la ren-
contre ne pourrait avoir lieu qu'à Tôtes. Cette réflexion
rendit les deux autres soucieux. — « Si l'on se sauvait à
pied, » — dit Loiseau. Le comte haussa les épaules : —
« Y songez-vous, dans cette neige ? avec nos femmes ? Et
puis nous serions tout de suite poursuivis, rattrapés en
dix minutes, et ramenés prisonniers à la merci des sol-
dats. » — C'était vrai ; on se tut.

Les dames parlaient toilette ; mais une certaine con-
trainte semblait les désunir.

Tout à coup, au bout de la rue, l'officier parut. Sur la
neige qui fermait l'horizon, il profilait sa grande taille de
guêpe en uniforme, et marchait, les genoux écartés, de ce
mouvement particulier aux militaires qui s'efforcent de ne
point maculer leurs bottes soigneusement cirées.

Il s'inclina en passant près des dames, et regarda

dédaigneusement les hommes qui eurent, du reste, la
dignité de ne point se découvrir, bien que Loiseau ébau-
chât un geste pour retirer sa coiffure.

Boule de Suif était devenue rouge jusqu'aux oreilles ;
et les trois femmes mariées ressentaient une grande humi-
liation d'être ainsi rencontrées par ce soldat, dans la com-
pagnie de cette fille qu'il avait si cavalièrement traitée.

Alors on parla de lui, de sa tournure, de son visage.
Mme Carré-Lamadon, qui avait connu beaucoup d'offi-
ciers et qui les jugeait en connaisseur, trouvait celui-là
pas mal du tout ; elle regrettait même qu'il ne fût pas
Français, parce qu'il ferait un fort joli hussard dont toutes
les femmes assurément raffoleraient.

Une fois rentrés, on ne sut plus que faire. Des paroles
aigres furent même échangées à propos de choses insigni-
fiantes. Le dîner, silencieux, dura peu, et chacun monta
se coucher, espérant dormir pour tuer le temps.

On descendit le lendemain avec des visages fatigués et
des cœurs exaspérés. Les femmes parlaient à peine à
Boule de Suif.

Une cloche tinta. C'était pour un baptême. La grosse
fille avait un enfant élevé chez des paysans d'Yvetot. Elle
ne le voyait pas une fois l'an, et n'y songeait jamais ;
mais la pensée de celui qu'on allait baptiser lui jeta au
cœur une tendresse subite et violente pour le sien, et elle
voulut absolument assister à la cérémonie.

Aussitôt qu'elle fut partie, tout le monde se regarda,
puis on rapprocha les chaises, car on sentait bien qu'à la
fin il fallait décider quelque chose. Loiseau eut une inspi-
ration : il était d'avis de proposer à l'officier de garder

Boule de Suif toute seule, et de laisser partir les autres

M. Follenvie se chargea encore de la commission, mais il redescendit presque aussitôt. L'Allemand, qui connaissait la nature humaine, l'avait mis à la porte. Il prétendait retenir tout le monde tant que son désir ne serait pas satisfait.

Alors le tempérament populacier de Mme Loiseau éclata : — « Nous n'allons pourtant pas mourir de vieillesse ici. Puisque c'est son métier, à cette gueuse, de faire ça avec tous les hommes, je trouve qu'elle n'a pas le droit de refuser l'un plutôt que l'autre. Je vous demande un peu, ça a pris tout ce qu'elle a trouvé dans Rouen, même des cochers ! oui, madame, le cocher de la préfecture ! Je le sais bien, moi, il achète son vin à la maison. Et aujourd'hui qu'il s'agit de nous tirer d'embarras, elle fait la mijaurée, cette morveuse !... Moi, je trouve qu'il se conduit très bien, cet officier. Il est peut-être privé depuis longtemps ; et nous étions là trois qu'il aurait sans doute préférées. Mais non, il se contente de celle à tout le monde. Il respecte les femmes mariées. Songez donc, il est le maître. Il n'avait qu'à dire : « Je veux », et il pouvait nous prendre de force avec ses soldats. »

Les deux femmes eurent un petit frisson. Les yeux de la jolie Mme Carré-Lamadon brillaient, et elle était un peu pâle, comme si elle se sentait déjà prise de force par l'officier.

Les hommes, qui discutaient à l'écart, se rapprochèrent. Loiseau, furibond, voulait livrer « cette misérable » pieds et poings liés, à l'ennemi. Mais le comte, issu de trois générations d'ambassadeurs, et doué d'un

physique de diplomate, était partisan de l'habileté :
« Il faudrait la décider », — dit-il.

Alors on conspira.

Les femmes se serrèrent, le ton de la voix fut baissé, et
la discussion devint générale, chacun donnant son avis.
C'était fort convenable du reste. Ces dames surtout trou-
vaient des délicatesses de tournures, des subtilités
d'expression charmantes, pour dire les choses les plus
scabreuses. Un étranger n'aurait rien compris, tant les
précautions du langage étaient observées. Mais la légère
tranche de pudeur dont est bardée toute femme du monde
ne recouvrant que la surface, elles s'épanouissaient dans
cette aventure polissonne, s'amusaient follement au fond,
se sentant dans leur élément, tripotant de l'amour avec la
sensualité d'un cuisinier gourmand qui prépare le souper
d'un autre.

La gaieté revenait d'elle-même, tant l'histoire leur
semblait drôle à la fin. Le comte trouva des plaisanteries
un peu risquées, mais si bien dites qu'elles faisaient sou-
rire. A son tour Loiseau lâcha quelques grivoiseries plus
raides dont on ne se blessa point; et la pensée brutale-
ment exprimée par sa femme dominait tous les esprits :
« Puisque c'est son métier à cette fille, pourquoi refuse-
rait-elle celui-là plus qu'un autre? » La gentille Mme Car-
ré-Lamadon semblait même penser qu'à sa place elle
refuserait celui-là moins qu'un autre.

On prépara longuement le blocus, comme pour une
forteresse investie. Chacun convint du rôle qu'il jouerait,
des arguments dont il s'appuierait, des manœuvres qu'il
devrait exécuter. On régla le plan des attaques, les ruses

à employer, et les surprises de l'assaut, pour forcer cette citadelle vivante à recevoir l'ennemi dans la place.

Cornudet cependant restait à l'écart, complètement étranger à cette affaire.

Une attention si profonde tendait les esprits, qu'on n'entendit point rentrer Boule de Suif. Mais le comte souffla un léger : « Chut! » qui fit relever tous les yeux. Elle était là. On se tut brusquement et un certain embarras empêcha d'abord de lui parler. La comtesse, plus assouplie que les autres aux duplicités des salons, l'interrogea : « Était-ce amusant, ce baptême? »

La grosse fille, encore émue, raconta tout, et les figures, et les attitudes, et l'aspect même de l'église. Elle ajouta : « C'est si bon de prier quelquefois. »

Cependant, jusqu'au déjeuner, ces dames se contentèrent d'être aimables avec elle, pour augmenter sa confiance et sa docilité à leurs conseils.

Aussitôt à table, on commença les approches. Ce fut d'abord une conversation vague sur le dévouement. On cita des exemples anciens : Judith et Holopherne, puis, sans aucune raison, Lucrèce avec Sextus, Cléopâtre faisant passer par sa couche tous les généraux ennemis, et les réduisant à des servilités d'esclave. Alors se déroula une histoire fantaisiste, éclose dans l'imagination de ces millionnaires ignorants, où les citoyennes de Rome allaient endormir à Capoue Annibal entre leurs bras, et, avec lui, ses lieutenants, et les phalanges des mercenaires. On cita toutes les femmes qui ont arrêté des conquérants, fait de leur corps un champ de bataille, un moyen de dominer, une arme, qui ont vaincu par leurs caresses héroïques des

êtres hideux ou détestés, et sacrifié leur chasteté à la vengeance et au dévouement.

On parla même en termes voilés de cette Anglaise de grande famille qui s'était laissé inoculer une horrible et contagieuse maladie pour la transmettre à Bonaparte sauvé miraculeusement, par une faiblesse subite, à l'heure du rendez-vous fatal.

Et tout cela s'était raconté d'une façon convenable et modérée, où parfois éclatait un enthousiasme voulu propre à exciter l'émulation.

On aurait pu croire, à la fin, que le seul rôle de la femme, ici-bas, était un perpétuel sacrifice de sa personne, un abandon continu aux caprices des soldatesques.

Les deux bonnes sœurs ne semblaient point entendre, perdues en des pensées profondes, Boule de Suif ne disait rien.

Pendant toute l'après-midi, on la laissa réfléchir. Mais, au lieu de l'appeler « madame » comme on avait fait jusque-là, on lui disait simplement « mademoiselle », sans que personne sût bien pourquoi, comme si l'on avait voulu la faire descendre d'un degré dans l'estime qu'elle avait escaladée, lui faire sentir sa situation honteuse.

Au moment où l'on servit le potage, M. Follenvie reparut, répétant sa phrase de la veille : « L'officier prussien fait demander à Mlle Elisabeth Rousset si elle n'a point encore changé d'avis. »

Boule de Suif répondit sèchement : « Non, monsieur. »

Mais au dîner la coalition faiblit. Loiseau eut trois phrases malheureuses. Chacun se battait les flancs pour découvrir des exemples nouveaux et ne trouvait rien,

quand la comtesse, sans préméditation peut-être, éprou-
vant un vague besoin de rendre hommage à la Religion,
interrogea la plus âgée des bonnes sœurs sur les grands
faits de la vie des saints. Or, beaucoup avaient commis
des actes qui seraient des crimes à nos yeux; mais l'Église
absout sans peine ces forfaits quand ils sont accomplis
pour la gloire de Dieu, ou pour le bien du prochain.
C'était un argument puissant: la comtesse en profita.
Alors, soit par une de ces ententes tacites, de ces complai-
sances voilées, où excelle quiconque porte un habit ecclé-
siastique, soit simplement par l'effet d'une inintelligence
heureuse, d'une secourable bêtise, la vieille religieuse
apporta à la conspiration un formidable appui. On la
croyait timide, elle se montra hardie, verbeuse, violente.
Celle-là n'était pas troublée par les tâtonnements de la
casuistique; sa doctrine semblait une barre de fer; sa foi
n'hésitait jamais; sa conscience n'avait point de scru-
pules.

Elle trouvait tout simple le sacrifice d'Abraham,
car elle aurait immédiatement tué père et mère sur un
ordre venu d'En Haut; et rien, à son avis, ne pouvait
déplaire au Seigneur quand l'intention était louable. La
comtesse, mettant à profit l'autorité sacrée de sa complice
inattendue, lui fit faire comme une paraphrase édifiante
de cet axiome de morale : « La fin justifie les moyens. »

Elle l'interrogeait.

— Alors, ma sœur, vous pensez que Dieu accepte
toutes les voies, et pardonne le fait quand le motif est
pur?

— Qui pourrait en douter, madame? Une action blâ-

mable en soi devient souvent méritoire par la pensée qui l'inspire.

Et elles continuaient ainsi, démêlant les volontés de Dieu, prévoyant ses décisions, le faisant s'intéresser à des choses qui, vraiment, ne le regardaient guère.

Tout cela était enveloppé, habile, discret. Mais chaque parole de la sainte fille en cornette faisait brèche dans la résistance indignée de la courtisane. Puis, la conversation se détournant un peu, la femme aux chapelets pendants parla des maisons de son ordre, de sa supérieure, d'elle-même, et de sa mignonne voisine, la chère sœur Saint-Nicéphore. On les avait demandées au Havre pour soigner dans les hôpitaux des centaines de soldats atteints de la petite vérole. Elle les dépeignit, ces misérables, détailla leur maladie. Et tandis qu'elles étaient arrêtées en route par les caprices de ce Prussien, un grand nombre de Français pouvaient mourir qu'elles auraient sauvés peut-être! C'était sa spécialité, à elle, de soigner les militaires; elle avait été en Crimée, en Italie, en Autriche, et, racontant ses campagnes, elle se révéla tout à coup une de ces religieuses à tambours et à trompettes qui semblent faites pour suivre les camps, ramasser des blessés dans des remous des batailles, et, mieux qu'un chef, dompter d'un mot les grands soudards indisciplinés; une vraie bonne sœur Ran-tan-plan dont la figure ravagée, crevée de trous sans nombre, paraissait une image des dévastations de la guerre.

Personne ne dit rien après elle, tant l'effet semblait excellent.

Aussitôt le repas terminé, on remonta bien vite dans

les chambres pour ne descendre, le lendemain, qu'assez tard dans la matinée.

Le déjeuner fut tranquille. On donnait à la graine semée la veille le temps de germer et de pousser ses fruits.

La comtesse proposa de faire une promenade dans l'après-midi ; alors le comte, comme il était convenu, prit le bras de Boule de Suif, et demeura derrière les autres, avec elle.

Il lui parla de ce ton familier, paternel, un peu dédaigneux, que les hommes posés emploient avec les filles, l'appelant : « ma chère enfant », la traitant du haut de sa position sociale, de son honorabilité indiscutée. Il pénétra tout de suite au vif de la question :

— Donc, vous préférez nous laisser ici, exposés comme vous-même à toutes les violences qui suivraient un échec des troupes prussiennes, plutôt que de consentir à une de ces complaisances que vous avez eues si souvent en votre vie ?

Boule de Suif ne répondit rien.

Il la prit par la douceur, par le raisonnement, par les sentiments. Il sut rester « monsieur le comte », tout en se montrant galant quand il le fallut, complimenteur, aimable enfin. Il exalta le service qu'elle leur rendrait, parla de leur reconnaissance ; puis soudain, la tutoyant gaiement : Et tu sais, ma chère, il pourrait se vanter d'avoir goûté d'une jolie fille comme il n'en trouvera pas beaucoup dans son pays. »

Boule de Suif ne répondit pas et rejoignit la société.

Aussitôt rentrée, elle monta chez elle et ne reparut

plus. L'inquiétude était extrême. Qu'allait-elle faire? Si elle résistait, quel embarras!

L'heure du dîner sonna; on l'attendit en vain. M. Follenvie, entrant alors, annonça que Mlle Rousset se sentait indisposée, et qu'on pouvait se mettre à table. Tout le monde dressa l'oreille. Le comte s'approcha de l'aubergiste, et, tout bas : « Ça y est? — Oui. » Par convenance, il ne dit rien à ses compagnons, mais il leur fit seulement un léger signe de la tête. Aussitôt un grand soupir de soulagement sortit de toutes les poitrines, une allégresse parut sur les visages. Loiseau cria : « Saperlipopette! je paye du champagne si l'on en trouve dans l'établissement »; et Mme Loiseau eut une angoisse lorsque le patron revint avec quatre bouteilles aux mains. Chacun était devenu subitement communicatif et bruyant; une joie égrillarde emplissait les cœurs Le comte parut s'apercevoir que Mme Carré-Lamadon était charmante, le manufacturier fit des compliments à la comtesse. La conversation fut vive, enjouée, pleine de traits.

Tout à coup, Loiseau, la face anxieuse et levant les bras, hurla : « Silence! » Tout le monde se tut, surpris, presque effrayé déjà. Alors il tendit l'oreille en faisant « Chut! » des deux mains, leva les yeux vers le plafond, écouta de nouveau, et reprit, de sa voix naturelle : « Rassurez-vous, tout va bien. »

On hésitait à comprendre, mais bientôt un sourire passa.

Au bout d'un quart d'heure il recommença la même farce, la renouvela souvent dans la soirée; et il faisait

semblant d'interpeller quelqu'un à l'étage au-dessus, en
lui donnant des conseils à double sens puisés dans son
esprit de commis voyageur. Par moments il prenait un
air triste pour soupirer : « Pauvre fille ; » ou bien il mur-
murait entre ses dents d'un air rageur : « Gueux de Prus-
sien, va ! » Quelquefois, au moment où l'on n'y songeait
plus, il poussait, d'une voix vibrante, plusieurs : « Assez !
assez ! » et ajoutait, comme se parlant à lui-même :
« Pourvu que nous la revoyions ; qu'il ne l'en fasse pas
mourir, le misérable ! »

Bien que ces plaisanteries fussent d'un goût déplora-
ble, elles amusaient et ne blessaient personne, car l'indi-
gnation dépend des milieux comme le reste, et l'atmo-
sphère qui s'était peu à peu créée autour d'eux était char-
gée de pensées grivoises.

Au dessert, les femmes elles-mêmes firent des allu-
sions spirituelles et discrètes. Les regards luisaient ; on
avait bu beaucoup. Le comte, qui conservait, même en
ses écarts, sa grande apparence de gravité, trouva une
comparaison fort goûtée sur la fin des hivernages au pôle
et la joie des naufragés qui voient s'ouvrir une route vers
le sud.

Loiseau, lancé, se leva, un verre de champagne à la
main : « Je bois à notre délivrance ! » Tout le monde
fut debout ; on l'acclamait. Les deux bonnes sœurs,
elles-mêmes, sollicitées par ces dames, consentirent à
tremper leurs lèvres dans ce vin mousseux dont elles
n'avaient jamais goûté. Elles déclarèrent que cela res-
semblait à la limonade gazeuse, mais que c'était plus fin
cependant.

Loiseau résuma la situation.

— C'est malheureux de ne pas avoir de piano parce qu'on pourrait pincer un quadrille.

Cornudet n'avait pas dit un mot, pas fait un geste; il paraissait même plongé dans des pensées très graves, et tirait parfois, d'un geste furieux, sa grande barbe qu'il semblait vouloir allonger encore. Enfin, vers minuit, comme on allait se séparer, Loiseau, qui titubait, lui tapa soudain sur le ventre et lui dit en bredouillant: « Vous n'êtes pas farce, vous, ce soir; vous ne dites rien, citoyen ? » Mais Cornudet releva brusquement la tête, et, parcourant la société d'un regard luisant et terrible: « Je vous dis à tous que vous venez de faire une infamie ! » Il se leva, gagna la porte, répéta encore une fois : « Une infamie ! » et disparut.

Cela jeta un froid d'abord. Loiseau, interloqué, restait bête; mais il reprit son aplomb, puis, tout à coup, se tordit en répétant: « Ils sont trop verts, mon vieux, ils sont trop verts. » Comme on ne comprenait pas, il raconta les « mystères du corridor ». Alors il y eut une reprise de gaieté formidable. Ces dames s'amusaient comme des folles. Le comte et M. Carré-Lamadon pleuraient à force de rire. Ils ne pouvaient croire.

— Comment ! vous êtes sûr ? Il voulait...

— Je vous dis que je l'ai vu.

— Et, elle a refusé...

— Parce que le Prussien était dans la chambre à côté.

— Pas possible ?

— Je vous le jure.

Le comte étouffait. L'industriel se comprimait le ventre à deux mains. Loiseau continuait :

— Et, vous comprenez, ce soir, il ne la trouve pas drôle, mais pas du tout.

Et tous les trois repartaient, malades, essoufflés.

On se sépara là-dessus. Mais Mme Loiseau, qui était de la nature des orties, fit remarquer à son mari, au moment où ils se couchaient, que « cette chipie » de petite Carré-Lamadon avait ri jaune toute la soirée : « Tu sais, les femmes, quand ça en tient pour l'uniforme, qu'il soit Français ou bien Prussien, ça leur est, ma foi, bien égal. Si ce n'est pas une pitié, Seigneur Dieu ! »

Et toute la nuit, dans l'obscurité du corridor coururent comme des frémissements, des bruits légers, à peine sensibles, pareils à des souffles, des effleurements de pieds nus, d'imperceptibles craquements. Et l'on ne dormit que très tard, assurément, car des filets de lumière glissèrent longtemps sous les portes. Le champagne a de ces effets-là ; il trouble, dit-on, le sommeil.

Le lendemain, un clair soleil d'hiver rendait la neige éblouissante. La diligence, attelée enfin, attendait devant la porte, tandis qu'une armée de pigeons blancs, rengorgés dans leurs plumes épaisses, avec un œil rose, taché, au milieu, d'un point noir, se promenaient gravement entre les jambes des six chevaux, et cherchaient leur vie dans le crottin fumant qu'ils éparpillaient.

Le cocher, enveloppé dans sa peau de mouton, grillait une pipe sur le siège, et tous les voyageurs radieux faisaient rapidement empaqueter des provisions pour le reste du voyage.

On n'attendait plus que Boule de Suif. Elle parut.

Elle semblait un peu troublée, honteuse ; et elle s'avança timidement vers ses compagnons, qui, tous, d'un même mouvement, se détournèrent comme s'ils ne l'avaient pas aperçue. Le comte prit avec dignité le bras de sa femme et l'éloigna de ce contact impur.

La grosse fille s'arrêta, stupéfaite ; alors, ramassant tout son courage, elle aborda la femme du manufacturier d'un « bonjour, madame » humblement murmuré. L'autre fit de la tête seule un petit salut impertinent qu'elle accompagna d'un regard de vertu outragée. Tout le monde semblait affairé, et l'on se tenait loin d'elle comme si elle eût apporté une infection dans ses jupes. Puis on se précipita vers la voiture où elle arriva seule, la dernière, et reprit en silence la place qu'elle avait occupée pendant la première partie de la route.

On semblait ne pas la voir, ne pas la connaître ; mais Mme Loiseau, la considérant de loin avec indignation, dit à mi-voix à son mari : « Heureusement que je ne suis pas à côté d'elle. »

La lourde voiture s'ébranla, et le voyage recommença.

On ne parla point d'abord. Boule de Suif n'osait pas lever les yeux. Elle se sentait en même temps indignée contre tous ses voisins, et humiliée d'avoir cédé, souillée par les baisers de ce Prussien entre les bras duquel on l'avait hypocritement jetée.

Mais la comtesse, se tournant vers Mme Carré-Lamadon, rompit bientôt ce pénible silence.

— Vous connaissez, je crois, Mme d'Étrelles ?

— Oui, c'est une de mes amies.

— Quelle charmante femme !

— Ravissante ! Une vraie nature d'élite, fort instruite d'ailleurs, et artiste jusqu'au bout des doigts ; elle chante à ravir et dessine dans la perfection.

Le manufacturier causait avec le comte, et au milieu du fracas des vitres un mot parfois jaillissait: « Coupon — échéance — prime — à terme. »

Loiseau, qui avait chipé le vieux jeu de cartes de l'auberge, engraissé par cinq ans de frottement sur les tables mal essuyées, attaqua un bésigue avec sa femme.

Les bonnes sœurs prirent à leur ceinture le long rosaire qui pendait, firent ensemble le signe de la croix, et tout à coup leurs lèvres se mirent à remuer vivement, se hâtant de plus en plus, précipitant leur vague murmure comme pour une course d'*oremus ;* et de temps en temps elle baisaient une médaille, se signaient de nouveau, puis recommençaient leur marmottement rapide et continu.

Cornudet songeait, immobile.

Au bout de trois heures de route, Loiseau ramassa ses cartes : « Il fait faim », dit-il.

Alors sa femme atteignit un paquet ficelé d'où elle fit sortir un morceau de veau froid. Elle le découpa proprement par tranches minces et fermes, et tous deux se mirent à manger.

— Si nous en faisions autant, dit la comtesse. On y consentit et elle déballa les provisions préparées pour les deux ménages. C'était, dans un de ces vases allongés dont le couvercle porte un lièvre en faïence, pour indiquer qu'un lièvre en pâté gît au-dessous, une char-

cuterie succulente, où de blanches rivières de lard traver-
saient la chair brune du gibier, mêlée à d'autres viandes
hachées fin. Un beau carré de gruyère, apporté dans un
journal, gardait imprimé : « faits divers » sur sa pâte onc-
tueuse.

Les deux bonnes sœurs développèrent un rond de
saucisson qui sentait l'ail ; et Cornudet, plongeant les
deux mains en même temps dans les vastes poches de son
paletot sac, tira de l'une quatre œufs durs et de l'autre le
croûton d'un pain. Il détacha la coque, la jeta sous ses
pieds dans la paille et se mit à mordre à même les œufs,
faisant tomber sur sa vaste barbe des parcelles de jaune
clair qui semblaient, là dedans, des étoiles.

Boule de Suif, dans la hâte et l'effarement de son lever,
n'avait pu songer à rien ; et elle regardait, exaspérée,
suffoquant de rage, tous ces gens qui mangeaient placide-
ment. Une colère tumultueuse la crispa d'abord, et elle
ouvrit la bouche pour leur crier leur fait avec un flot d'in-
jures qui lui montait aux lèvres ; mais elle ne pouvait pas
parler tant l'exaspération l'étranglait.

Personne ne la regardait, ne songeait à elle. Elle se
sentait noyée dans le mépris de ces gredins honnêtes qui
l'avaient sacrifiée d'abord, rejetée ensuite, comme une
chose malpropre et inutile. Alors elle songea à son grand
panier tout plein de bonnes choses qu'ils avaient goulû-
ment dévorées, à ses deux poulets luisants de gelée, à ses
pâtés, à ses poires, à ses quatre bouteilles de Bordeaux ;
et sa fureur tombant soudain, comme une corde trop ten-
due qui casse, elle se sentit prête à pleurer. Elle fit des
efforts terribles, se raidit, avala ses sanglots comme les

enfants, mais les pleurs montaient, luisaient au bord de ses paupières, et bientôt deux grosses larmes, se détachant des yeux, roulèrent lentement sur ses joues. D'autres les suivirent plus rapides, coulant comme des gouttes d'eau qui filtrent d'une roche, et tombant régulièrement sur la courbe rebondie de sa poitrine. Elle restait droite, le regard fixe, la face rigide et pâle, espérant qu'on ne la verrait pas.

Mais la comtesse s'en aperçut et prévint son mari d'un signe. Il haussa les épaules comme pour dire : « Que voulez-vous, ce n'est pas ma faute. » Mme Loiseau eut un rire muet de triomphe et murmura : « Elle pleure sa honte. »

Les deux bonnes sœurs s'étaient remises à prier, après avoir roulé dans un papier le reste de leur saucisson.

Alors Cornudet, qui digérait ses œufs, étendit ses longues jambes sous la banquette d'en face, se renversa, croisa ses bras, sourit comme un homme qui vient de trouver une bonne farce, et se mit à siffloter la *Marseillaise*.

Toutes les figures se rembrunirent. Le chant populaire, assurément, ne plaisait point à ses voisins. Ils devinrent nerveux, agacés, et avaient l'air prêts à hurler comme des chiens qui entendent un orgue de barbarie. Il s'en aperçut, ne s'arrêta plus. Parfois même il fredonnait les paroles :

Amour sacré de la patrie,
Conduis, soutiens, nos bras vengeurs,
Liberté, liberté chérie,
Combats avec tes défenseurs !

On fuyait plus vite, la neige étant plus dure ; et jusqu'à Dieppe, pendant les longues heures mornes du voyage, à travers les cahots du chemin, par la nuit tombante, puis dans l'obsurité profonde de la voiture, il continua, avec une obstination féroce, son sifflement vengeur et monotone, contraignant les esprits las et exaspérés à suivre le chant d'un bout à l'autre, à se rappeler chaque parole qu'ils appliquaient sur chaque mesure.

Et Boule de Suif pleurait toujours ; et parfois un sanglot, qu'elle n'avait pu retenir, passait, entre deux couplets, dans les ténèbres.

L'ÉPAVE

L'Épave

❧

C'était hier, 31 décembre.

Je venais de déjeuner avec mon vieil ami Georges Garin. Le domestique lui apporta une lettre couverte de cachets et de timbres étrangers.

Georges me dit :

— Tu permets?

— Certainement.

Et il se mit à lire huit pages d'une grande écriture anglaise, croisée dans tous les sens. Il les lisait lentement, avec une attention sérieuse, avec cet intérêt qu'on met aux choses qui vous touchent le cœur.

Puis il posa la lettre sur un coin de la cheminée, et il dit :

« Tiens, en voilà une drôle d'histoire que je ne t'ai jamais racontée, une histoire sentimentale pourtant, et qui m'est arrivée! Oh! ce fut un singulier jour de l'an, cette année-là. Il y a de cela vingt ans... puisque j'avais trente ans et que j'en ai cinquante!...

« J'étais inspecteur de la Compagnie d'assurances ma-
ritimes que je dirige aujourd'hui. Je me disposais à passer à
Paris la fête du 1er janvier, puisqu'on est convenu de faire
de ce jour un jour de fête, quand je reçus une lettre du
directeur me donnant l'ordre de partir immédiatement
pour l'île de Ré, où venait de s'échouer un trois-mâts de
Saint-Nazaire, assuré par nous. Il était alors huit heures
du matin. J'arrivai à la Compagnie, à dix heures, pour
recevoir des instructions ; et, le soir même, je prenais
l'express, qui me déposait à La Rochelle le lendemain
31 décembre.

« J'avais deux heures avant de monter sur le bateau
de Ré, le *Jean-Guiton*. Je fis un tour en ville. C'est vrai-
ment une ville bizarre et de grand caractère que La
Rochelle, avec ses rues mêlées comme un labyrinthe et
dont les trottoirs courent sous des galeries sans fin, des
galeries à arcades commes celles de la rue de Rivoli, mais
basses, ces galeries et ces arcades écrasées, mystérieuses,
qui semblent construites et demeurées comme un décor
de conspirateurs, le décor antique et saisissant des guerres
d'autrefois, des guerres de religion héroïques et sauvages.
C'est bien la vieille cité huguenote, grave, discrète, sans
art superbe, sans aucun de ces admirables monuments
qui font Rouen si magnifique, mais remarquable par toute
sa physionomie sévère, un peu sournoise aussi, une cité
de batailleurs obstinés, où doivent éclore les fana-
tismes, la ville où s'exalta la foi des calvinistes et où
naquit le complot des quatre sergents.

« Quand j'eus erré quelque temps par ces rues singu-
lières, je montai sur un petit bateau à vapeur, noir et

ventru, qui devait me conduire à l'île de Ré. Il partit en
soufflant, d'un air colère, passa entre les deux tours anti-
ques qui gardent le port, traversa la rade, sortit de la digue
construite par Richelieu, et dont on voit à fleur d'eau les
pierres énormes, enfermant la ville comme un immense
collier; puis il obliqua vers la droite.

« C'était un de ces jours tristes qui oppressent, écra-
sent la pensée, compriment le cœur, éteignent en nous
toute force et toute énergie; un jour gris, glacial, sali par
une brume lourde, humide comme de la pluie, froide
comme de la gelée, infecte à respirer comme une buée
d'égout.

« Sous ce plafond de brouillard bas et sinistre, la
mer jaune, la mer peu profonde et sablonneuse de ces
plages illimitées, restait sans une ride, sans un mou-
vement, sans vie, une mer d'eau trouble, d'eau grasse,
d'eau stagnante. Le *Jean-Guiton* passait dessus en rou-
lant un peu, par habitude, coupait cette nape opaque et
lisse, puis laissait derrière quelques vagues, quelques cla-
pots, quelques ondulations qui se calmaient bientôt.

« Je me mis à causer avec le capitaine, un petit
homme presque sans pattes, tout rond comme son bateau
et balancé comme lui. Je voulais quelques détails sur le
sinistre que j'allais constater. Un grand trois-mâts carré
de Saint-Nazaire, le *Marie-Joseph*, avait échoué, par une
nuit d'ouragan, sur les sables de l'île de Ré.

« La tempête avait jeté si loin ce bâtiment, écrivait
l'armateur, qu'il avait été impossible de le renflouer et
qu'on avait dû enlever au plus vite tout ce qui pouvait en
être détaché. Il me fallait donc constater la situation de

l'épave, apprécier quel devait être son état avant le nau-
frage, juger si tous les efforts avaient été tentés pour le
remettre à flot. Je venais comme agent de la Compagnie,
pour témoigner ensuite contradictoirement, si besoin
était, dans le procès.

« Au reçu de mon rapport, le directeur devait prendre
les mesures qu'il jugerait nécessaires pour sauvegarder
nos intérêts.

« Le capitaine du *Jean-Guiton* connaissait parfai-
tement l'affaire, ayant été appelé à prendre part, avec son
navire, aux tentatives de sauvetage.

« Il me raconta le sinistre, très simple d'ailleurs. Le
Marie-Joseph, poussé par un coup de vent furieux, perdu
dans la nuit, naviguant au hasard sur une mer d'écume,
— « une mer de soupe au lait », disait le capitaine, —
était venu s'échouer sur ces immenses bancs de sable qui
changent les côtes de cette région en Saharas illimités,
aux heures de la marée basse.

« Tout en causant, je regardais autour de moi et de-
vant moi. Entre l'océan et le ciel pesant restait un espace
libre où l'œil voyait au loin. Nous suivions une terre.
Je demandai :

« — C'est l'île de Ré ?

« — Oui, monsieur.

« Et tout à coup le capitaine, étendant la main droite
devant nous, me montra, en pleine mer, une chose pres-
que imperceptible, et me dit :

« — Tenez, voilà votre navire !

« — Le *Marie-Joseph* ?...

« — Mais, oui.

« — J'étais stupéfait. Ce point noir, à peu près invisible, que j'aurais pris pour un écueil, me paraissait placé à trois kilomètres au moins des côtes.

« Je repris :

« — Mais, capitaine, il doit y avoir cent brasses d'eau à l'endroit que vous me désignez ?

« Il se mit à rire.

« — Cent brasses, mon ami !... Pas deux brasses, je vous dis !...

« C'était un Bordelais. Il continua :

« — Nous sommes marée haute, neuf heures quarante minutes. Allez-vous-en par la plage, mains dans vos poches, après le déjeuner de l'hôtel du *Dauphin*, et je vous promets qu'à deux heures cinquante ou trois heures au plusse vous toucherez l'épave, pied sec, mon ami, et vous aurez une heure quarante-cinq à deux heures pour rester dessus, pas plusse, par exemple ; vous seriez pris. Plusse la mer elle va loin et plusse elle revient vite. C'est plat comme une punaise, cette côte ! Remettez-vous en route à quatre heures cinquante, croyez-moi ; et vous remontez à sept heures et demie sur le *Jean-Guiton*, qui vous dépose ce soir même sur le quai de La Rochelle.

« Je remerciai le capitaine et j'allai m'asseoir à l'avant du vapeur, pour regarder la petite ville de Saint-Martin, dont nous approchions rapidement.

« Elle ressemblait à tous les ports en miniature qui servent de capitales à toutes les maigres îles semées le long des continents. C'était un gros village de pêcheurs, un pied dans l'eau, un pied sur terre, vivant de poisson et de volailles, de légumes et de coquilles, de radis et de

moules. L'île est fort basse, peu cultivée, et semble cependant très peuplée ; mais je ne pénétrai pas dans l'intérieur.

« Après avoir déjeuné, je franchis un petit promontoire ; puis, comme la mer baissait rapidement, je m'en allai, à travers les sables, vers une sorte de roc noir que j'apercevais au-dessus de l'eau, là-bas, là-bas.

« J'allais vite sur cette plaine jaune, élastique comme de la chair, et qui semblait suer sous mon pied. La mer, tout à l'heure, était là ; maintenant, je l'apercevais au loin, se sauvant à perte de vue, et je ne distinguais plus la ligne qui séparait le sable de l'Océan. Je croyais assister à une féerie gigantesque et surnaturelle. L'Atlantique était devant moi tout à l'heure, puis il avait disparu dans la grève, comme font les décors dans les trappes, et je marchais à présent au milieu d'un désert. Seuls, la sensation, le souffle de l'eau salée demeuraient en moi. Je sentais l'odeur du varech, l'odeur de la vague, la rude et bonne odeur des côtes. Je marchais vite ; je n'avais plus froid ; je regardais l'épave échouée, qui grandissait à mesure que j'avançais et ressemblait à présent à une énorme baleine naufragée.

« Elle semblait sortir du sol et prenait, sur cette immense étendue plate et jaune, des proportions surprenantes. Je l'atteignis enfin, après une heure de marche. Elle gisait sur le flanc, crevée, brisée, montrant, comme les côtes d'une bête, ses os rompus, ses os de bois goudronné, percés de clous énormes. Le sable déjà l'avait envahie, entré par toutes les fentes, et il la tenait, la possédait, ne la lâchait plus. Elle paraissait avoir pris racine en lui.

L'avant était entré profondément dans cette plage douce
et perfide, tandis que l'arrière, relevé, semblait jeter vers
le ciel, comme un cri d'appel désespéré, ces deux mots
blancs sur le bordage noir : *Marie-Joseph.*

« J'escaladai ce cadavre de navire par le côté le plus
bas ; puis, parvenu sur le pont, je pénétrai dans l'inté-
rieur. Le jour, entré par les trappes défoncées et par les
fissures des flancs, éclairait tristement ces sortes de caves
longues et sombres, pleines de boiseries démolies. Il n'y
avait plus rien là-dedans que du sable qui servait de sol
à ce souterrain de planches.

« Je me mis à prendre des notes sur l'état du bâti-
ment. Je m'étais assis sur un baril vide et brisé, et j'écri-
vais à la lueur d'une large fente par où je pouvais aper-
cevoir l'étendue illimitée de la grève. Un singulier frisson
de froid et de solitude me courait sur la peau de moment
en moment ; et je cessais d'écrire parfois pour écouter le
bruit vague et mystérieux de l'épave : bruit des crabes
grattant les bordages de leurs griffes crochues, bruit de
mille bêtes toutes petites de la mer, installées déjà sur ce
mort, et aussi le bruit doux et régulier du taret qui ronge
sans cesse, avec son grincement de vrille, toutes les vieil-
les charpentes, qu'il creuse et dévore.

« Et, soudain, j'entendis des voix humaines tout près
de moi. Je fis un bond comme en face d'une apparition. Je
crus vraiment, pendant une seconde, que j'allais voir se
lever, au fond de la sinistre cale, deux noyés qui me racon-
teraient leur mort. Certes, il ne me fallut pas longtemps
pour grimper sur le pont à la force des poignets : et
j'aperçus debout, à l'avant du navire, un grand monsieur

avec trois jeunes filles, ou plutôt un grand Anglais avec
trois misses. Assurément, ils eurent encore plus peur que
moi en voyant surgir cet être rapide sur le trois-mâts
abandonné. La plus jeune des fillettes se sauva; les deux
autres saisirent leur père à pleins bras; quant à lui, il
avait ouvert la bouche; ce fut le seul signe qui laissa voir
son émotion.

« Puis, après quelques secondes, il parla :

« — Aoh, môsieu, vos été la propriétaire de cette
bâtiment?

« — Oui, monsieur,

« — Est-ce que je pôvé la visiter ?

« — Oui, monsieur.

« Il prononça alors une longue phrase anglaise, où je
distinguai seulement ce mot: *gracious*, revenu plusieurs
fois.

« Comme il cherchait un endroit pour grimper, je lui
indiquai le meilleur et je lui tendis la main. Il monta;
puis nous aidâmes les trois fillettes, rassurées. Elles
étaient charmantes, surtout l'aînée, une blondine de dix-
huit ans, fraîche comme une fleur, et si fine, si mignonne!
Vraiment les jolies Anglaises ont bien l'air de tendres
fruits de la mer. On aurait dit que celle-là venait de sortir
du sable et que ses cheveux en avaient gardé la nuance.
Elles font penser, avec leur fraîcheur exquise, aux cou-
leurs délicates des coquilles roses et aux perles nacrées,
rares, mystérieuses, écloses dans les profondeurs incon-
nues des océans.

« Elle parlait un peu mieux que son père; et elle nous
servit d'interprète. Il fallut raconter le naufrage dans ses

moindres détails, que j'inventai, comme si j'eusse assisté
à la catastrophe. Puis, toute la famille descendit dans
l'intérieur de l'épave. Dès qu'ils eurent pénétré dans cette
sombre galerie, à peine éclairée, ils poussèrent des cris
d'étonnement et d'admiration ; et soudain le père et les
trois filles tinrent en leurs mains des albums, cachés sans
doute dans leurs grands vêtements imperméables, et ils
commencèrent en même temps quatre croquis au crayon
de ce lieu triste et bizarre.

« Ils s'étaient assis, côte à côte, sur une poutre en sail-
lie, et les quatre albums, sur les huit genoux. se cou-
vraient de petites lignes noires qui devaient représenter
le ventre entr'ouvert du *Marie-Joseph*.

« Tout en travaillant, l'aînée des fillettes causait avec
moi, qui continuais à inspecter le squelette du navire.

« J'appris qu'ils passaient l'hiver à Biarritz et qu'ils
étaient venus tout exprès à l'île de Ré pour contempler ce
trois-mâts enlisé. Ils n'avaient rien de la morgue anglaise,
ces gens ; c'étaient de simples et braves toqués, de ces
errants éternels dont l'Angleterre couvre le monde. Le
père, long, sec, la figure rouge encadrée de favoris blancs,
vrai sandwich vivant, une tranche de jambon découpée
en tête humaine entre deux coussinets de poils ; les filles,
hautes sur jambes, de petits échassiers en croissance,
sèches aussi, sauf l'aînée, et gentilles toutes trois, mais
surtout la grande.

« Elle avait une si drôle de manière de parler, de
raconter, de rire, de comprendre et de ne pas comprendre,
de lever les yeux pour m'interroger, des yeux bleus comme
l'eau profonde, de cesser de dessiner pour deviner, de se

remettre au travail et de dire « yes » ou « nô », que je serais demeuré un temps indéfini à l'écouter et à la regarder.

« Tout à coup, elle murmura :

« — J'entendai une petite mouvement sur cette bateau.

« Je prêtai l'oreille ; et je distinguai aussitôt un léger bruit, singulier, continu. Qu'était-ce ? Je me levai pour aller regarder par la fente, et je poussai un cri violent. La mer nous avait rejoints ; elle allait nous entourer !

« Nous fûmes aussitôt sur le pont. Il était trop tard L'eau nous cernait, et elle courait vers la côte avec une prodigieuse vitesse. Non, cela ne courait pas, cela glissait, rampait, s'allongeait comme une tache démesurée. A peine quelques centimètres d'eau couvraient le sable ; mais mais on ne voyait plus déjà la ligne fuyante de l'imperceptible flot.

« L'Anglais voulut s'élancer ; je le retins ; la fuite était impossible, à cause des mares profondes que nous avions dû contourner en venant, et où nous tomberions au retour.

« Ce fut, dans nos cœurs, une minute d'horrible angoisse. Puis, la petite Anglaise se mit à sourire et murmura :

« — Ce été nous les naufragés !

« Je voulus rire ; mais la peur m'étreignait, une peur lâche, affreuse, basse et sournoise comme ce flot. Tous les dangers que nous courions m'apparurent en même temps. J'avais envie de crier : « Au secours ! » Vers qui ?

« Les deux petites Anglaises s'étaient blotties contre

leur père, qui regardait, d'un œil consterné, la mer déme-
surée autour de nous.

« Et la nuit tombait, aussi rapide que l'Océan mon-
tant, une nuit lourde, humide, glacée :

« Je dis :

« — Il n'y a rien à faire qu'à demeurer sur ce bateau.

« L'Anglais répondit :

« — Oh ! yes ! .

« Et nous restâmes là un quart d'heure, une demi-
heure, je ne sais, en vérité, combien de temps, à regarder,
autour de nous, cette eau jaune qui s'épaississait, tour-
nait, semblait bouillonner, semblait jouer sur l'immense
grève reconquise.

« Une des fillettes eut froid, et l'idée nous vint de
redescendre, pour nous mettre à l'abri de la brise légère,
mais glacée, qui nous effleurait et nous piquait la peau.

« Je me penchai sur la trappe. Le navire était plein
d'eau. Nous dûmes alors nous blottir contre le bordage
d'arrière, qui nous garantissait un peu.

« Les ténèbres, à présent, nous enveloppaient, et nous
restions serrés les uns contre les autres, entourés d'ombre
et d'eau. Je sentais trembler, contre mon épaule, l'épaule
de la petite Anglaise, dont les dents claquaient par ins-
tants ; mais je sentais aussi la chaleur douce de son corps
à travers les étoffes, et cette chaleur m'était délicieuse
comme un baiser. Nous ne parlions plus ; nous demeurions
immobiles, muets, accroupis comme des bêtes dans un
fossé, aux heures d'ouragan. Et pourtant, malgré tout,
malgré la nuit, malgré le danger terrible et grandissant,
ie commençais à me sentir heureux d'être là, heureux du

froid et du péril, heureux de ces longues heures d'ombre et d'angoisse à passer sur cette planche, si près de cette jolie et mignonne fillette.

« Je me demandais pourquoi cette étrange sensation de bien-être et de joie qui me pénétrait.

« Pourquoi ? Sait-on ? Parce qu'elle était là ? Qui, elle ? Une petite Anglaise inconnue ? Je ne l'aimais pas, je ne la connaissais point, et je me sentais attendri, conquis ! J'aurais voulu la sauver, me dévouer pour elle, faire mille folies ? Étrange chose ! Comment se fait-il que la présence d'une femme nous bouleverse ainsi ! Est-ce la puissance de sa grâce qui nous enveloppe ? la séduction de la joliesse et de la jeunesse qui nous grise comme ferait le vin ?

« N'est-ce pas plutôt une sorte de toucher de l'amour, du mystérieux amour qui cherche sans cesse à unir les êtres, qui tente sa puissance dès qu'il a mis face à face l'homme et la femme, et qui les pénètre d'émotion, d'une émotion confuse, secrète, profonde, comme on mouille la terre pour y faire pousser des fleurs !

« Mais le silence des ténèbres devenait effrayant, le silence du ciel, car nous entendions autour de nous, vaguement, un bruissement léger, infini, la rumeur de la mer sourde qui montait et le monotone clapotement du courant contre le bateau.

« Tout à coup, j'entendis des sanglots. La plus petite des Anglaises pleurait. Alors son père voulut la consoler, et ils se mirent à parler dans leur langue, que je ne comprenais pas. Je devinai qu'il la rassurait et qu'elle avait toujours peur.

« Je demandai à ma voisine :

« — Vous n'avez pas trop froid, miss ?

« — Oh ! si. J'avé froid beaucoup.

« Je voulus lui donner mon manteau, elle le refusa ; mais je l'avais ôté ; je l'en couvris malgré elle. Dans la courte lutte, je rencontrai sa main, qui me fit passer un frisson charmant par tout le corps.

« Depuis quelques minutes, l'air devenait plus vif, le clapotis de l'eau plus fort contre les flancs du navire. Je me dressai ; un grand souffle me passa sur le visage. Le vent s'élevait !

« L'Anglais s'en aperçut en même temps que moi, et il dit simplement :

« — C'était mauvaise pour nous, cette...

« Assurément c'était mauvais, c'était la mort certaine si des lames, même de faibles lames, venaient attaquer et secouer l'épave, tellement brisée et disjointe que la première vague un peu rude l'emporterait en bouillie.

« Alors notre angoisse s'accrut de seconde en seconde avec les rafales de plus en plus fortes. Maintenant, la mer brisait un peu, et je voyais dans les ténèbres des lignes blanches paraître et disparaître, des lignes d'écume, tandis que chaque flot heurtait la carcasse du *Marie-Joseph*, l'agitait d'un court frémissement qui nous montait jusqu'au cœur.

« L'Anglaise tremblait ; je la sentais frissonner contre moi, et j'avais une envie folle de la saisir dans mes bras.

« Là-bas, devant nous, à gauche, à droite, derrière nous, des phares brillaient sur les côtes, des phares blancs, jaunes, rouges, tournants, pareils à des yeux énormes, à des yeux de géant qui nous regardaient, nous guettaient,

attendaient avidement que nous eussions disparu. Un d'eux surtout m'irritait. Il s'éteignait toutes les trente secondes pour se rallumer aussitôt ; c'était bien un œil, celui-là, avec sa paupière sans cesse baissée sur son regard de feu.

« De temps en temps, l'Anglais frottait une allumette pour regarder l'heure ; puis il remettait sa montre dans sa poche. Tout à coup, il me dit, par-dessus les têtes de ses filles, avec une souveraine gravité :

« — Mosieu, je vous souhaite bon année.

« Il était minuit. Je lui tendis ma main, qu'il serra ; puis il prononça une phrase d'anglais, et soudain ses filles et lui se mirent à chanter le *God save the Queen*, qui monta dans l'air noir, dans l'air muet, et s'évapora à travers l'espace.

« J'eus d'abord envie de rire ; puis je fus saisi par une émotion puissante et bizarre.

« C'était quelque chose de sinistre et de superbe, ce chant de naufragés, de condamnés, quelque chose comme une prière, et aussi quelque chose de plus grand, de comparable à l'antique et sublime *Ave, Cæsar, morituri te salutant !*

« Quand ils eurent fini, je demandai à ma voisine de chanter toute seule une ballade, une légende, ce qu'elle voudrait, pour nous faire oublier nos angoisses. Elle y consentit et aussitôt sa voix claire et jeune s'envola dans la nuit. Elle chantait une chose triste sans doute, car les notes traînaient longtemps, sortaient lentement de sa bouche, et voletaient, comme des oiseaux blessés, au-dessus des vagues.

« La mer grossissait, battait maintenant notre épave. Moi, je ne pensais plus qu'à cette voix. Et je pensais aussi aux sirènes. Si une barque avait passé près de nous, qu'auraient dit les matelots ? Mon esprit tourmenté s'égarait dans le rêve ! Une sirène ! N'était-ce point, en effet, une sirène, cette fille de la mer, qui m'avait retenu sur ce navire vermoulu et qui, tout à l'heure, allait s'enfoncer avec moi dans les flots ?...

« Mais nous roulâmes brusquement tous les cinq sur le pont, car le *Marie-Joseph* s'était affaissé sur son flanc droit. L'Anglaise étant tombée sur moi, je l'avais saisie dans mes bras, et follement, sans savoir, sans comprendre, croyant venue ma dernière seconde, je baisais à pleine bouche sa joue, sa tempe et ses cheveux. Le bateau ne remuait plus ; nous autres aussi ne bougions point.

« Le père dit : « Kate ! » Celle que je tenais répondit « yes », et fit un mouvement pour se dégager. Certes, à cet instant j'aurais voulu que le bateau s'ouvrît en deux pour tomber à l'eau avec elle.

« L'Anglais reprit :

« — Une petite bascoule, ce n'été rien. J'avé mes trois filles conserves.

« Ne voyant point l'aînée, il l'avait crue perdue d'abord !

« Je me relevai lentement, et, soudain, j'aperçus une lumière sur la mer, tout près de nous. Je criai ; on répondit. C'était une barque qui nous cherchait, le patron de l'hôtel ayant prévu notre imprudence.

« Nous étions sauvés. J'en fus désolé ! On nous

cueillit sur notre radeau, et on nous ramena à Saint-
Martin.

« L'Anglais, maintenant, se frottait les mains et mur-
murait :

« — Bonne souper ! bonne souper !

« On soupa, en effet. Je ne fus pas gai, je regrettais le
Marie-Joseph.

« Il fallut se séparer, le lendemain, après beaucoup
d'étreintes et de promesses de s'écrire. Ils partirent vers
Biarritz. Peu s'en fallut que je ne les suivisse.

« J'étais toqué ; je faillis demander cette fillette en ma-
riage. Certes, si nous avions passé huit jours ensemble,
je l'épousais ! Combien l'homme, parfois, est faible et
incompréhensible !

« Deux ans s'écoulèrent sans que j'entendisse parler
d'eux ; puis je reçus une lettre de New-York. Elle était
mariée, et me le disait. Et, depuis lors, nous nous écri-
vons tous les ans, au 1er janvier. Elle me raconte sa vie,
me parle de ses enfants, de ses sœurs, jamais de son mari !
Pourquoi ? Ah ! pourquoi ?... Et, moi, je ne lui parle que
du *Marie-Joseph...* C'est peut-être la seule femme que j'aie
aimée... non... que j'aurais aimée... Ah !... voilà... sait-
on ?... Les événements vous emportent... Et puis... et
puis... tout passe... Elle doit être vieille, à présent... je ne
la reconnaîtrais pas... Ah ! celle d'autrefois... celle de
l'épave... quelle créature... divine ! Elle m'écrit que ses
cheveux sont tout blancs... Mon Dieu !... ça m'a fait une
peine horrible... Ah ! ses cheveux blonds... Non, la mienne
n'existe plus... Que c'est triste... tout ça !... »

DÉCOUVERTE

Découverte

Le bateau était couvert de monde. La traversée s'annonçant fort belle, les Havraises allaient faire un tour à Trouville.

On détacha les amarres; un dernier coup de sifflet annonça le départ, et, aussitôt, un frémissement secoua le corps entier du navire, tandis qu'on entendait, le long de ses flancs, un bruit d'eau remuée.

Les roues tournèrent quelques secondes, s'arrêtèrent, repartirent doucement; puis le capitaine, debout sur sa passerelle, ayant crié par le porte-voix qui descend dans les profondeurs de la machine : « En route! » elles se mirent à battre la mer avec rapidité.

Nous filions le long de la jetée, couverte de monde. Des gens sur le bateau agitaient leurs mouchoirs, comme s'ils partaient pour l'Amérique, et les amis restés à terre répondaient de la même façon.

Le grand soleil de juillet tombait sur les ombrelles rouges, sur les toilettes claires, sur les visages joyeux,

sur l'Océan à peine remué par des ondulations. Quand on fut sorti du port, le petit bâtiment fit une courbe rapide, dirigeant son nez pointu sur la côte lointaine entrevue à travers la brume matinale.

A notre gauche s'ouvrait l'embouchure de la Seine, large de vingt kilomètres. De place en place les grosses bouées indiquaient les bancs de sable, et on reconnaissait au loin les eaux douces et bourbeuses du fleuve qui, ne se mêlant point à l'eau salée, dessinaient de grands rubans jaunes à travers l'immense nappe verte et pure de la pleine mer.

J'éprouve, aussitôt que je monte sur un bateau, le besoin de marcher de long en large, comme un marin qui fait le quart. Pourquoi? Je n'en sais rien. Donc je me mis à circuler sur le pont à travers la foule des voyageurs.

Tout à coup, on m'appela. Je me retournai. C'était un de mes vieux amis, Henri Sidoine, que je n'avais point vu depuis dix ans.

Après nous être serré les mains, nous recommençâmes ensemble, en parlant de choses et d'autres, la promenade d'ours en cage que j'accomplissais tout seul auparavant. Et nous regardions, tout en causant, les deux lignes de voyageurs assis sur les deux côtés du pont.

Tout à coup Sidoine prononça avec une véritable expression de rage :

— C'est plein d'Anglais ici ! Les sales gens !

C'était plein d'Anglais, en effet. Les hommes debout lorgnaient l'horizon d'un air important qui semblait dire : « C'est nous, les Anglais, qui sommes les maîtres de la mer ! Boum, boum ! nous voilà ! »

Et tous les voiles blancs qui flottaient sur leurs cha-
peaux blancs avaient l'air des drapeaux de leur suffi-
sance.

Les jeunes misses plates, dont les chaussures aussi
rappelaient les constructions navales de leur patrie, ser-
rant en des châles multicolores leur taille droite et leurs
bras minces, souriaient vaguement au radieux paysage.
Leurs petites têtes, poussées au bout de ces longs corps,
portaient des chapeaux anglais d'une forme étrange, et,
derrière leurs crânes, leurs maigres chevelures enroulées
ressemblaient à des couleuvres lofées.

Et les vieilles misses, encore plus grêles, ouvrant au
vent leur mâchoire nationale, paraissaient menacer l'es-
pace de leurs dents jaunes et démesurées.

On sentait, en passant près d'elles, une odeur de
caoutchouc et d'eau dentifrice.

Sidoine répéta, avec une colère grandissante :

— Les sales gens ! On ne pourra donc pas les empê-
cher de venir en France ?

Je demandai en souriant :

— Pourquoi leur en veux-tu ? Quant à moi, ils me
sont parfaitement indifférents.

Il prononça :

— Oui, toi, parbleu ! Mais moi, j'ai épousé une An-
glaise. Voilà.

Je m'arrêtai pour lui rire au nez.

— Ah ! diable. Conte-moi ça. Et elle te rend donc très
malheureux ?

Il haussa les épaules :

— Non, pas précisément.

— Alors... elle te... elle te... trompe ?

— Malheureusement non. Ça me ferait une cause de divorce et j'en serais débarrassé.

— Alors je ne comprends pas !

— Tu ne comprends pas ? Ça ne m'étonne point. Eh bien, elle a tout simplement appris le français, pas autre chose ! Écoute :

Je n'avais pas le moindre désir de me marier, quand je vins passer l'été à Étretat, voici deux ans. Rien de plus dangereux que les villes d'eaux. On ne se figure pas combien les fillettes y sont à leur avantage. Paris sied aux femmes et la campagne aux jeunes filles.

Les promenades à ânes, les bains du matin, les déjeuners sur l'herbe, autant de pièges à mariage. Et, vraiment, il n'y a rien de plus gentil qu'une enfant de dix-huit ans qui court à travers un champ ou qui ramasse des fleurs le long d'un chemin.

Je fis la connaissance d'une famille anglaise descendue au même hôtel que moi. Le père ressemblait aux hommes que tu vois là, et la mère à toutes les Anglaises.

Il y avait deux fils, de ces garçons tout en os, qui jouent du matin au soir à des jeux violents, avec des balles, des massues ou des raquettes ; puis deux filles, l'aînée, une sèche, encore une Anglaise de boîte à conserve ; la cadette, une merveille. Une blonde, ou plutôt une blondine avec une tête venue du ciel. Quand elles se mettent à être jolies, les gredines, elles sont divines. Celle-là avait des yeux bleus, de ces yeux bleus qui semblent contenir toute la poésie, tout le rêve, toute l'espérance, tout le bonheur du monde !

Quel horizon ça vous ouvre dans les songes infinis, deux yeux de femme comme ceux-là! Comme ça répond bien à l'attente éternelle et confuse de notre cœur!

Il faut dire aussi que, nous autres Français, nous adorons les étrangères. Aussitôt que nous rencontrons une Russe, une Italienne, une Suédoise, une Espagnole ou une Anglaise un peu jolie, nous en tombons amoureux instantanément. Tout ce qui vient du dehors nous enthousiasme, drap pour culottes, chapeaux, gants, fusils et... femmes. Nous avons tort, cependant.

Mais je crois que ce qui nous séduit le plus dans les exotiques, c'est leur défaut de prononciation. Aussitôt qu'une femme parle mal notre langue, elle est charmante; si elle fait une faute de français par mot, elle est exquise, et si elle baragouine d'une façon tout à fait inintelligible, elle devient irrésistible.

Tu ne te figures pas comme c'est gentil d'entendre dire à une mignonne bouche rose: « J'aimé bôcoup la gigotte. »

Ma petite Anglaise Kate parlait une langue invraisemblable. Je n'y comprenais rien dans les premiers jours, tant elle inventait de mots inattendus; puis, je devins absolument amoureux de cet argot comique et gai.

Tous les termes estropiés, bizarres, ridicules, prenaient sur ses lèvres un charme délicieux; et nous avions, le soir, sur la terrasse du Casino, de longues conversations qui ressemblaient à des énigmes parlées.

Je l'épousai! Je l'aimais follement comme on peut aimer un Rêve. Car les vrais amants n'adorent jamais qu'un rêve qui a pris une forme de femme.

Te rappelles-tu les admirables vers de Louis Bouilhet:

Tu n'as jamais été, dans tes jours les plus rares,
Qu'un banal instrument sous mon archet vainqueur,
Et, comme un air qui sonne au bois creux des guitares,
J'ai fait chanter mon rêve au vide de ton cœur.

Eh bien, mon cher, le seul tort que j'ai eu, ça été de donner à ma femme un professeur de français.

Tant qu'elle a martyrisé le dictionnaire et supplicié la grammaire, je l'ai chérie.

Nos causeries étaient simples. Elles me révélaient la grâce surprenante de son être, l'élégance incomparable de son geste; elles me la montraient comme un merveilleux bijou parlant, une poupée de chair faite pour le baiser, sachant énumérer à peu près ce qu'elle aimait, pousser parfois des exclamations bizarres, et exprimer d'une façon coquette, à force d'être incompréhensible et imprévue, des émotions ou des sensations peu compliquées.

Elle ressemblait bien aux jolis jouets qui disent « papa » et « maman », en prononçant — Baâba — et Baâmban.

Aurais-je pu croire que...

Elle parle, à présent... Elle parle... mal... très mal... Elle fait tout autant de fautes... Mais on la comprend... oui, je la comprends... je sais... je la connais...

J'ai ouvert ma poupée pour regarder dedans... j'ai vu. Et il faut causer, mon cher!

Ah! tu ne les connais pas, toi, les opinions, les idées, les théories d'une jeune Anglaise bien élevée, à laquelle je ne peux rien reprocher, et qui me répète, du matin au soir, toutes les phrases d'un dictionnaire de la conversa-

tion à l'usage des pensionnats de jeunes personnes.

Tu as vu ces surprises du cotillon, ces jolis papiers dorés qui renferment d'exécrables bonbons. J'en avais une. Je l'ai déchirée. J'ai voulu manger le dedans et suis resté tellement dégoûté que j'ai des haut-le-cœur, à présent, rien qu'en apercevant une de ses compatriotes.

J'ai épousé un perroquet à qui une vieille institutrice anglaise aurait enseigné le français : comprends-tu ?

.

Le port de Trouville montrait maintenant ses jetées de bois couvertes de monde.

Je dis :

— Où est ta femme ?

Il prononça :

— Je l'ai ramenée à Étretat.

— Et toi, où vas-tu ?

— Moi ? moi je vais me distraire à Trouville.

Puis, après un silence, il ajouta :

— Tu ne te figures pas comme ça peut être bête quelquefois, une femme.

UN PARRICIDE

Un Parricide

❧

L'avocat avait plaidé la folie. Comment expliquer autrement ce crime étrange ?

On avait retrouvé un matin, dans les roseaux, près de Chatou, deux cadavres enlacés, la femme et l'homme, deux mondains connus, riches, plus tout jeunes, et mariés seulement de l'année précédente, la femme n'étant veuve que depuis trois ans.

On ne leur connaissait point d'ennemis, ils n'avaient pas été volés. Il semblait qu'on les eût jetés de la berge dans la rivière, après les avoir frappés, l'un après l'autre, avec une longue pointe de fer.

L'enquête ne faisait rien découvrir. Les mariniers interrogés ne savaient rien ; on allait abandonner l'affaire, quand un jeune menuisier d'un village voisin nommé Georges Louis, dit Le Bourgeois, vint se constituer prisonnier.

A toutes les interrogations, il ne répondait que ceci :

— Je connaissais l'homme depuis deux ans, la femme

depuis six mois. Ils venaient souvent me faire réparer des meubles anciens, parce que je suis habile dans le métier.

Et quand on lui demandait :

— Pourquoi les avez-vous tués ?

Il répondait obstinément :

— Je les ai tués parce que j'ai voulu les tuer.

On n'en put tirer autre chose.

Cet homme était un enfant naturel sans doute, mis autrefois en nourrice dans le pays, puis abandonné. Il n'avait pas d'autre nom que Georges Louis, mais comme, en grandissant, il devint singulièrement intelligent, avec des goûts et des délicatesses natives que n'avaient point ses camarades, on le surnomma « le bourgeois », et on ne l'appelait plus autrement. Il passait pour remarquablement adroit dans le métier de menuisier qu'il avait adopté. Il faisait même un peu de sculpture sur bois. On le disait aussi fort exalté, partisan des doctrines communistes et nihilistes, grand liseur de romans à drames sanglants, électeur influent et orateur habile dans les réunions publiques d'ouvriers ou de paysans.

L'avocat avait plaidé la folie.

Comment pouvait-on admettre, en effet, que cet ouvrier eût tué ses meilleurs clients, des clients riches et généreux (il les connaissait), qui lui avaient fait faire depuis deux ans pour trois mille francs de travail (ses livres en faisaient foi). Une seule explication se présentait : la folie, l'idée fixe du déclassé qui se venge sur deux

bourgeois de tous les bourgeois, et l'avocat fit une allusion habile à ce surnom de « *le bourgeois* », donné par le pays à cet abandonné ; il s'écriait :

— N'est-ce pas une ironie, et une ironie capable d'exalter encore ce malheureux garçon qui n'a ni père ni mère ? C'est un ardent républicain. Que dis-je ? il appartient même à ce parti politique que la République fusillait et déportait naguère, qu'elle accueille aujourd'hui à bras ouverts, à ce parti pour qui l'incendie est un principe et le meurtre un moyen tout simple.

Ces tristes doctrines, acclamées maintenant dans les réunions publiques, ont perdu cet homme. Il a entendu des républicains, des femmes même, oui, des femmes ! demander le sang de M. Gambetta, le sang de M. Grévy ; son esprit malade a chaviré ; il a voulu du sang, du sang de bourgeois !

Ce n'est pas lui qu'il faut condamner, messieurs, c'est la Commune !

Des murmures d'approbation coururent. On sentait bien que la cause était gagnée pour l'avocat. Le ministère public ne résista pas.

Alors le président posa au prévenu la question d'usage :

— Accusé, n'avez-vous rien à ajouter pour votre défense ?

L'homme se leva.

Il était de petite taille, d'un blond de lin, avec des yeux gris, fixes et clairs. Une voix forte, franche et sonore sortait de ce frêle garçon et changeait brusquement, aux premiers mots, l'opinion qu'on s'était faite de lui.

Il parla hautement, d'un ton déclamatoire, mais si net

que ses moindres paroles se faisaient entendre jusqu'au
fond de la grande salle :

— Mon président, comme je ne veux pas aller dans
une maison de fous, et que je préfère même la guillotine,
je vais tout vous dire.

J'ai tué cet homme et cette femme parce qu'ils étaient
mes parents.

Maintenant, écoutez-moi et jugez-moi.

Une femme, ayant accouché d'un fils, l'envoya quel-
que part en nourrice. Sut-elle seulement en quel pays son
complice porta le petit être innocent, mais condamné à la
misère éternelle, à la honte d'une naissance illégitime,
plus que cela : à la mort, puisqu'on l'abandonna, puisque
la nourrice, ne recevant plus la pension mensuelle, pou-
vait, comme elles font souvent, le laisser dépérir, souffrir
de faim, mourir de délaissement !

La femme qui m'allaita fut honnête, plus femme,
plus grande, plus mère que ma mère. Elle m'éleva. Elle
eut tort en faisant son devoir. Il vaut mieux laisser périr
ces misérables jetés aux villages des banlieues, comme on
jette une ordure aux bornes.

Je grandis avec l'impression vague que je portais un
déshonneur. Les autres enfants m'appelèrent un jour
« bâtard ». Ils ne savaient pas ce que signifiait ce mot,
entendu par l'un d'eux chez ses parents. Je l'ignorais aussi,
mais je le sentis.

J'étais, je puis le dire, un des plus intelligents de
l'école. J'aurais été un honnête homme, mon président,
peut-être un homme supérieur, si mes parents n'avaient
pas commis le crime de m'abandonner.

Ce crime, c'est contre moi qu'ils l'ont commis. Je fus la victime, eux furent les coupables. J'étais sans défense, ils furent sans pitié. Ils devaient m'aimer : ils m'ont rejeté.

Moi, je leur devais la vie — mais la vie est-elle un présent ? La mienne, en tous cas, n'était qu'un malheur. Après leur honteux abandon, je leur devais plus que la vengeance. Ils ont accompli contre moi l'acte le plus inhumain, le plus infâme, le plus monstrueux qu'on puisse accomplir contre un être.

Un homme injurié frappe ; un homme volé reprend son bien par la force. Un homme trompé, joué, martyrisé, tue. Un homme souffleté tue ; un homme déshonoré tue. J'ai été plus volé, trompé, martyrisé, souffleté moralement, deshonoré, que tous ceux dont vous absolvez la colère.

Je me suis vengé, j'ai tué. C'était mon droit légitime. J'ai pris leur vie heureuse en échange de la vie horrible qu'ils m'avaient imposée.

Vous allez parler de parricide ! Étaient-ils mes parents, ces gens pour qui je fus un fardeau abominable, une terreur, une tache d'infamie ; pour qui ma naissance fut une calamité, et ma vie une menace de honte ? Ils cherchaient un plaisir égoïste ; ils ont eu un enfant imprévu. Ils ont supprimé l'enfant. Mon tour est venu d'en faire autant pour eux.

Et pourtant, dernièrement encore, j'étais prêt à les aimer.

Voici deux ans, je vous l'ai dit, que l'homme, mon père, entra chez moi pour la première fois. Je ne soup-

çonnais rien. Il me commanda deux meubles. Il avait pris, je le sus plus tard, des renseignements auprès du curé, sous le sceau du secret, bien entendu.

Il revint souvent; il me faisait travailler et payait bien. Parfois même il causait un peu de choses et d'autres. Je me sentais de l'affection pour lui.

Au commencement de cette année il amena sa femme, ma mère. Quand elle entra, elle tremblait si fort que je la crus atteinte d'une maladie nerveuse. Puis elle demanda un siège et un verre d'eau. Elle ne dit rien; elle regarda mes meubles d'un air fou, et elle ne répondait que oui et non, à tort et à travers, à toutes les questions qu'il lui posait! Quand elle fut partie, je la crus un peu toquée.

Elle revint le mois suivant. Elle était calme, maîtresse d'elle. Ils restèrent, ce jour-là, assez longtemps à bavarder, et ils me firent une grosse commande. Je la revis encore trois fois, sans rien deviner; mais un jour voilà qu'elle se mit à me parler de ma vie, de mon enfance, de mes parents. Je répondis : « Mes parents, madame, étaient des misérables qui m'ont abandonné. » Alors elle porta la main sur son cœur, et tomba sans connaissance. Je pensai tout de suite : « C'est ma mère ! » mais je me gardai bien de laisser rien voir. Je voulais la regarder venir.

Par exemple, je pris de mon côté mes renseignements. J'appris qu'ils n'étaient mariés que du mois de juillet précédent, ma mère n'étant devenue veuve que depuis trois ans. On avait bien chuchoté qu'ils s'étaient aimés du vivant du premier mari, mais on n'en avait aucune preuve. C'était moi la preuve, la preuve qu'on avait cachée d'abord, espéré détruire ensuite.

J'attendis. Elle reparut un soir, toujours accompagnée de mon père. Ce jour-là, elle semblait fort émue, je ne sais pourquoi. Puis, au moment de s'en aller, elle me dit: « Je vous veux du bien, parce que vous m'avez l'air d'un honnête garçon et d'un travailleur; vous penserez sans doute à vous marier quelque jour; je viens vous aider à choisir librement la femme qui vous conviendra. Moi, j'ai été mariée contre mon cœur une fois, et je sais comme on en souffre. Maintenant, je suis riche, sans enfants, libre, maîtresse de ma fortune. Voici votre dot. »

Elle me tendit une grande enveloppe cachetée.

Je la regardai fixement, puis je lui dis : « Vous êtes ma mère ? »

Elle recula de trois pas et se cacha les yeux de la main pour ne plus me voir. Lui, l'homme, mon père, la soutint dans ses bras et il me cria : « Mais vous êtes fou ! »

Je répondis : « Pas du tout. Je sais bien que vous êtes mes parents. On ne me trompe pas ainsi. Avouez-le et je vous garderai le secret; je ne vous en voudrai pas; je resterai ce que je suis, un menuisier. »

Il reculait vers la sortie en soutenant toujours sa femme qui commençait à sangloter. Je courus fermer la porte, je mis la clef dans ma poche, et je repris : « Regardez-la donc et niez encore qu'elle soit ma mère. »

Alors il s'emporta, devenu très pâle, épouvanté par la pensée que le scandale évité jusqu'ici pouvait éclater soudain; que leur situation, leur renom, leur honneur seraient perdus d'un seul coup; il balbutiait : « Vous êtes une canaille qui voulez nous tirer de l'argent. Faites donc

du bien au peuple, à ces manants-là, aidez-les, secourez-les ! »

Ma mère, éperdue, répétait coup sur coup : « Allons-nous-en, allons-nous-en ! »

Alors, comme la porte était fermée, il cria : « Si vous ne m'ouvrez pas tout de suite, je vous fais flanquer en prison pour chantage et violence ! »

J'étais resté maître de moi; j'ouvris la porte et je les vis s'enfoncer dans l'ombre.

Alors il me sembla tout à coup que je venais d'être fait orphelin, d'être abandonné, poussé au ruisseau. Une tristesse épouvantable, mêlée de colère, de haine, de dégoût, m'envahit; j'avais comme un soulèvement de tout mon être, un soulèvement de la justice, de la droiture, de l'honneur, de l'affection rejetée. Je me mis à courir pour les rejoindre le long de la Seine qu'il leur fallait suivre pour gagner la gare de Chatou.

— Je les rattrapai bientôt. La nuit était venue toute noire. J'allais à pas de loup sur l'herbe, de sorte qu'ils ne m'entendirent pas. Ma mère pleurait toujours. Mon père disait : « C'est votre faute. Pourquoi avez-vous tenu à le voir ? C'était une folie dans notre position. On aurait pu lui faire du bien de loin, sans se montrer. Puisque nous ne pouvons le reconnaître, à quoi servaient ces visites dangereuses ? »

Alors, je m'élançai devant eux, suppliant. Je balbutiai : « Vous voyez bien que vous êtes mes parents. Vous m'avez déjà rejeté une fois, me repousserez-vous encore ? »

Alors, mon président, il leva la main sur moi, je vous le jure sur l'honneur, sur la loi, sur la République. Il me

frappa, et comme je le saisissais au collet, il tira de sa poche un revolver.

J'ai vu rouge, je ne sais plus, j'avais mon compas dans ma poche ; je l'ai frappé, frappé tant que j'ai pu.

Alors elle s'est mise à crier : « Au secours ! à l'assassin ! » en m'arrachant la barbe. Il paraît que je l'ai tuée aussi. Est-ce que je sais, moi, ce que j'ai fait à ce moment-là ?

Puis, quand je les ai vus tous les deux par terre, je les ai jetés à la Seine, sans réfléchir.

Voilà. — Maintenant, jugez-moi.

L'accusé se rassit. Devant cette révélation, l'affaire a été reportée à la session suivante. Elle passera bientôt. Si nous étions jurés, que ferions-nous de ce parricide ?

LE RENDEZ-VOUS

Le Rendez-vous

❧

Son chapeau sur la tête, son manteau sur le dos, un voile noir sur le nez, un autre dans sa poche dont elle doublerait le premier quand elle serait montée dans le fiacre coupable, elle battait du bout de son ombrelle la pointe de sa bottine, et demeurait assise dans sa chambre, ne pouvant se décider à sortir pour aller à ce rendez-vous.

Combien de fois, pourtant, depuis deux ans, elle s'était habillée ainsi, pendant les heures de Bourse de son mari, un agent de change très mondain, pour rejoindre dans son logis de garçon le beau vicomte de Martelet, son amant !

La pendule derrière son dos battait les secondes vivement ; un livre à moitié lu bâillait sur le petit bureau de bois de rose, entre les fenêtres, et un fort parfum de violette, exhalé par deux petits bouquets baignant en deux mignons vases de Saxe sur la cheminée, se mêlait à une vague odeur de verveine soufflée sournoisement par la porte du cabinet de toilette demeurée entr'ouverte.

L'heure sonna — trois heures — et la mit debout. Elle se retourna pour regarder le cadran, puis sourit, songeant : « Il m'attend déjà. Il va s'énerver ». Alors, elle sortit, prévint le valet de chambre qu'elle serait rentrée dans une heure au plus tard — un mensonge — descendit l'escalier et s'aventura dans la rue, à pied.

On était aux derniers jours de mai, à cette saison délicieuse où le printemps de la campagne semble faire le siège de Paris et le conquérir par-dessus les toits, envahir les maisons, à travers les murs, faire fleurir la ville, y répandre une gaieté sur la pierre des façades, l'asphalte des trottoirs et le pavé des chaussées, la baigner, la griser de sève comme un bois qui verdit.

Mme Haggan fit quelques pas à droite avec l'intention de suivre, comme toujours, la rue de Provence où elle hélerait un fiacre, mais la douceur de l'air, cette émotion de l'été qui nous entre dans la gorge en certains jours, la pénétra si brusquement, que, changeant d'idée, elle prit la rue de la Chaussée-d'Antin, sans savoir pourquoi, obscurément attirée par le désir de voir des arbres dans le square de la Trinité. Elle pensait : « Bah ! il m'attendra dix minutes de plus. » Cette idée, de nouveau, la réjouissait, et, tout en marchant à petits pas, dans la foule, elle croyait le voir s'impatienter, regarder l'heure, ouvrir la fenêtre, écouter à la porte, s'asseoir quelques instants, se relever, et, n'osant pas fumer, car elle le lui avait défendu les jours de rendez-vous, jeter sur la boîte aux cigarettes des regards désespérés.

Elle allait doucement, distraite par tout ce qu'elle rencontrait, par les figures et les boutiques, ralentissant le

pas de plus en plus et si peu désireuse d'arriver qu'elle
cherchait, aux devantures, des prétextes pour s'arrêter.

Au bout de la rue, devant l'église, la verdure du petit
square l'attira si fortement qu'elle traversa la place, entra
dans le jardin, cette cage à enfants, et fit deux fois le tour
de l'étroit gazon, au milieu des nounous enrubannées,
épanouies, bariolées, fleuries. Puis elle prit une chaise,
s'assit, et levant les yeux vers le cadran rond comme une
lune dans le clocher, elle regarda marcher l'aiguille.

Juste à ce moment la demie sonna, et son cœur tres-
saillit d'aise en entendant tinter les cloches du carillon.
Une demi-heure de gagnée, plus un quart d'heure pour
atteindre la rue Miromesnil, et quelques minutes encore
de flânerie, — une heure ! une heure volée au rendez-vous !
Elle y resterait quarante minutes à peine, et ce serait fini
encore une fois.

Dieu ! comme ça l'ennuyait d'aller là-bas ! Ainsi qu'un
patient montant chez le dentiste, elle portait en son cœur
le souvenir intolérable de tous les rendez-vous passés, un
par semaine en moyenne depuis deux ans, et la pensée
qu'un autre allait avoir lieu, tout à l'heure, la crispait
d'angoisse de la tête aux pieds. Non pas que ce fût bien
douloureux, douloureux comme une visite au dentiste,
mais c'était si ennuyeux, si ennuyeux, si compliqué, si
long, si pénible que tout, tout, même une opération, lui
aurait paru préférable. Elle y allait pourtant, très lente-
ment, à tous petits pas, en s'arrêtant, en s'asseyant, en
flânant partout, mais elle y allait. Oh ! elle aurait bien
voulu manquer encore celui-là, mais elle avait fait poser
ce pauvre vicomte deux fois de suite le mois dernier, et

elle n'osait point recommencer si tôt. Pourquoi y retour-
nait-elle ? Ah ! pourquoi ? Parce qu'elle en avait pris l'habi-
tude, et qu'elle n'avait aucune raison à donner à ce mal-
heureux Martelet quand il voudrait connaître ce pourquoi !
Pourquoi avait-elle commencé ? Pourquoi ? Elle ne le
savait plus ! L'avait-elle aimée ? C'était possible ! Pas bien
fort mais un peu, voilà si longtemps ! Il était bien, recher-
ché, élégant, galant, et représentait strictement, au pre-
mier coup d'œil, l'amant parfait d'une femme du monde.
La cour avait duré trois mois — temps normal, lutte
honorable, résistance suffisante — puis elle avait consenti,
avec quelle émotion, quelle crispation, quelle peur hor-
rible et charmante à ce premier rendez-vous, suivi de
tant d'autres, dans ce petit entresol de garçon, rue de
Miromesnil. Son cœur ? Qu'éprouvait alors son petit cœur
de femme séduite, vaincue, conquise, en passant pour la
première fois la porte de cette maison de cauchemar ?
Vrai, elle ne le savait plus ! Elle l'avait oublié ! On se sou-
vient d'un fait, d'une date, d'une chose, mais on ne se
souvient guère, deux ans plus tard, d'une émotion qui
s'est envolée très vite, parce qu'elle était très légère. Oh !
par exemple, elle n'avait pas oublié les autres, ce chapelet
de rendez-vous, ce chemin de la croix de l'amour, aux sta-
tions si fatiguantes, si monotones, si pareilles, que la nau-
sée lui montait aux lèvres en prévision de ce que ce serait
tout à l'heure.

Dieu ! ces fiacres qu'il fallait appeler pour aller là, ils
ne ressemblaient pas aux autres fiacres, dont on se sert
pour les courses ordinaires ! Certes, les cochers devinaient.
Elle le sentait rien qu'à la façon dont ils la regardaient, et

ces yeux de cochers de Paris sont terribles! Quand on
songe qu'à tout moment, devant le tribunal, ils recon-
naissent, au bout de plusieurs années, des criminels qu'ils
ont conduits une seule fois, en pleine nuit, d'une rue
quelconque à une gare, et qu'ils ont affaire à presque
autant de voyageurs qu'il y a d'heures dans la journée, et
que leur mémoire est assez sûre pour qu'ils affirment:
« Voilà bien l'homme que j'ai chargé rue des Martyrs, et
déposé gare de Lyon, à minuit quarante, le 10 juillet de
l'an dernier! » n'y a-t-il pas de quoi frémir, lorsqu'on
risque ce que risque une jeune femme allant à un rendez-
vous, en confiant sa réputation au premier venu de ces
cochers! Depuis deux ans elle en avait employé, pour ce
voyage de la rue Miromesnil, au moins cent à cent vingt,
en comptant un par semaine. C'étaient autant de témoins
qui pouvaient déposer contre elle dans un moment critique.

Aussitôt dans le fiacre, elle tirait de sa poche l'autre
voile, épais et noir comme un loup, et se l'appliquait sur
les yeux. Cela cachait le visage, oui, mais le reste, la robe,
le chapeau, l'ombrelle, ne pouvait-on pas les remarquer,
les avoir vus déjà? Oh! dans cette rue de Miromesnil,
quel supplice! Elle croyait reconnaître les passants, tous
les domestiques, tout le monde. A peine la voiture arrê-
tée, elle sautait et passait en courant devant le concierge
toujours debout sur le seuil de sa loge. En voilà un qui
devait tout savoir, tout, — son adresse, — son nom, — la
profession de son mari, — tout, — car ces concierges sont
les plus subtils des policiers! Depuis deux ans elle voulait
l'acheter, lui donner, lui jeter, un jour ou l'autre, un
billet de cent francs en passant devant lui. Pas une fois

elle n'avait osé faire ce petit mouvement de lui lancer aux
pieds ce bout de papier roulé ! Elle avait peur. — De quoi ?
— Elle ne savait pas ! — D'être rappelée, s'il ne compre-
nait point ? D'un scandale ? D'un rassemblement dans
l'escalier ? D'une arrestation peut-être ? Pour arriver à la
porte du vicomte, il n'y avait guère qu'un demi-étage à
monter, et il lui paraissait haut comme la tour Saint-
Jacques ! A peine engagée dans le vestibule, elle se sen-
tait prise dans une trappe, et le moindre bruit devant ou
derrière elle, lui donnait une suffocation. Impossible de
reculer, avec ce concierge et la rue qui lui fermait la
retraite ; et si quelqu'un descendait juste à ce moment,
elle n'osait pas sonner chez Martelet et passait devant la
porte comme si elle allait ailleurs ! Elle montait, montait,
montait ! Elle aurait monté quarante étages ! Puis, quand
tout semblait redevenu tranquille dans la cage de l'esca-
lier, elle redescendait en courant avec l'angoisse dans
l'âme de ne pas reconnaître l'entresol !

Il était là, attendant dans un costume galant en velours
doublé de soie, très coquet, mais un peu ridicule, et depuis
deux ans, il n'avait rien changé à sa manière de l'accueil-
lir, mais rien, pas un geste !

Dès qu'il avait refermé la porte, il lui disait : « Lais-
sez-moi baiser vos mains, ma chère, chère amie ! » Puis
il la suivait dans la chambre, où volets clos et lumières
allumées, hiver comme été, par chic sans doute, il s'age-
nouillait devant elle en la regardant de bas en haut avec
un air d'adoration. Le premier jour ça avait été très gen-
til, très réussi, ce mouvement-là ! Maintenant elle croyait
voir M. Delaunay jouant pour la cent vingtième fois le

cinquième acte d'une pièce à succès. Il fallait changer ses
effets.

Et puis après, oh! mon Dieu! après! c'était le plus
dur! Non, il ne changeait pas ses effets, le pauvre garçon!
Quel bon garçon, mais banal!...

Dieu, que c'était difficile de se déshabiller sans femme
de chambre! Pour une fois, passe encore, mais toutes les
semaines cela devenait odieux! Non, vrai, un homme ne
devrait pas exiger d'une femme une pareille corvée! Mais
s'il était difficile de se déshabiller, se rhabiller devenait
presque impossible et énervant à crier, exaspérant à gifler
le monsieur qui disait, tournant autour d'elle d'un air
gauche: — Voulez-vous que je vous aide. — L'aider!
Ah oui! à quoi? De quoi était-il capable? Il suffisait de
lui voir une épingle entre les doigts pour le savoir.

C'est à ce moment-là peut-être qu'elle avait commencé
à le prendre en grippe. Quand il disait: « Voulez-vous que
je vous aide! » elle l'aurait tué. Et puis était-il possible
qu'une femme ne finît point par détester un homme qui,
depuis deux ans, l'avait forcée plus de cent vingt fois à se
rhabiller sans femme de chambre?

Certes il n'y avait pas beaucoup d'hommes aussi mala-
droits que lui, aussi peu dégourdis, aussi monotones. Ce
n'était pas le beau baron de Grimbal qui aurait demandé
de cet air niais: « Voulez-vous que je vous aide? » Il
aurait aidé, lui, si vif, si drôle, si spirituel. Voilà! C'était
un diplomate; il avait couru le monde, rôdé partout,
déshabillé et rhabillé sans doute des femmes vêtues sui-
vant toutes les modes de la terre, celui-là!...

L'horloge de l'église sonna les trois quarts. Elle se

dressa, regarda le cadran, se mit à rire en murmurant
« Oh ! doit-il être agité ! » puis elle partit d'une marche
plus vive, et sortit du square.

Elle n'avait point fait dix pas sur la place quand elle
se trouva nez à nez avec un monsieur qui la salua pro-
fondément.

— Tiens, vous, baron ? — dit-elle, surprise. Elle
venait justement de penser à lui.

— Oui, madame.

Et il s'informa de sa santé, puis, après quelques
vagues propos, il reprit :

— Vous savez que vous êtes la seule — vous permet-
tez que je dise de mes amies, n'est-ce pas ? — qui ne soit
point encore venue visiter mes collections japonaises.

— Mais, mon cher baron, une femme ne peut aller
ainsi chez un garçon !

— Comment ! comment ! en voilà une erreur quand il
s'agit de visiter une collection rare !

— En tout cas, elle ne peut y aller seule.

— Et pourquoi pas ? mais j'en ai reçu des multitudes
de femmes seules, rien que pour ma galerie ! J'en reçois
tous les jours. Voulez-vous que je vous les nomme — non
— je ne le ferai point. Il faut être discret même pour ce
qui n'est pas coupable. En principe, il n'est inconvenant
d'entrer chez un homme sérieux, connu, dans une cer-
taine situation, que lorsqu'on y va pour une cause ina-
vouable !

— Au fond, c'est assez juste ce que vous dites-là.

— Alors vous venez voir ma collection.

— Quand ?

— Mais tout de suite.

— Impossible, je suis pressée.

— Allons donc. Voilà une demi-heure que vous êtes assise dans le square.

— Vous m'espionniez?

— Je vous regardais.

— Vrai, je suis pressée.

— Je suis sûr que non. Avouez que vous n'êtes pas pressée.

Mme Haggan se mit à rire, et avoua :

— Non... non... pas... très...

Un fiacre passait à les toucher. Le petit baron cria : « Cocher ! » et la voiture s'arrêta. Puis, ouvrant la portière :

— Montez, madame.

— Mais, baron, non, c'est impossible, je ne peux pas aujourd'hui.

— Madame, ce que vous faites est imprudent, montez ! On commence à nous regarder, vous allez former un attroupement; on va croire que je vous enlève et nous arrêter tous les deux, montez, je vous en prie !

Elle monta, effarée, abasourdie. Alors il s'assit auprès d'elle en disant au cocher : « rue de Provence ».

Mais soudain elle s'écria :

— Oh ! mon Dieu, j'oubliais une dépêche très pressée, voulez-vous me conduire, d'abord, au premier bureau télégraphique?

Le fiacre s'arrêta un peu plus loin, rue de Châteaudun, et elle dit au baron :

— Pouvez-vous me prendre une carte de cinquante

centimes ? J'ai promis à mon mari d'inviter Martelet à dîner pour demain, et j'ai oublié complètement.

Quand le baron fut revenu, sa carte bleue à la main, elle écrivit au crayon :

« Mon cher ami, je suis très souffrante ; j'ai une névralgie atroce qui me tient au lit. Impossible sortir. Venez dîner demain soir pour que je me fasse pardonner.

– « JEANNE. »

Elle mouilla la colle, ferma soigneusement, mit l'adresse : « Vicomte de Martelet, 240, rue Miromesnil », puis, rendant la carte au baron :

— Maintenant, voulez-vous avoir la complaisance de jeter ceci dans la boîte aux télégrammes.

BOMBARD

Bombard

Simon Bombard la trouvait souvent mauvaise, la vie! Il était né avec une incroyable aptitude pour ne rien faire et avec un désir immodéré pour ne point contrarier cette vocation. Tout effort moral ou physique, tout mouvement accompli pour une besogne lui paraissait au-dessus de ses forces. Aussitôt qu'il entendait parler d'une affaire sérieuse il devenait distrait, son esprit étant incapable d'une tension ou même d'une attention.

Fils d'un marchand de nouveautés de Caen, il se l'était coulé douce, comme on disait dans sa famille, jusqu'à l'âge de vingt-cinq ans.

Mais ses parents demeurant toujours plus près de la faillite que de la fortune, il souffrait horriblement de la pénurie d'argent.

Grand, gros, beau gars, avec des favoris roux, à la normande, le teint fleuri, l'œil bleu, bête et gai, le ventre apparent déjà, il s'habillait avec une élégance tapageuse de provincial en fête. Il riait, criait, gesticulait à tout pro-

pos, étalant sa bonne humeur orageuse avec une assu-
rance de commis-voyageur. Il considérait que la vie était
faite uniquement pour bambocher et plaisanter, et sitôt
qu'il fallait mettre un frein à sa joie braillarde, il tombait
dans une sorte de somnolence hébétée, étant même inca-
pable de tristesse.

Ses besoins d'argent le harcelant, il avait coutume de
répéter une phrase devenue célèbre dans son entourage :

— Pour dix mille francs de rente, je me ferais bour-
reau.

Or, il allait chaque année passer quinze jours à Trou-
ville. Il appelait ça « faire sa saison ».

Il s'installait chez des cousins qui lui prêtaient une
chambre, et, du jour de son arrivée au jour du départ, il
se promenait sur les planches qui longent la grande plage
de sable.

Il allait d'un pas assuré, les mains dans ses poches ou
derrière le dos, toujours vêtu d'amples habits, de gilets
clairs et de cravates voyantes, le chapeau sur l'oreille et
un cigare d'un sou au coin de la bouche.

Il allait, frôlant les femmes élégantes, toisant les
hommes en gaillard prêt à se *flanquer une tripotée*, et
cherchant... cherchant... car il cherchait.

Il cherchait une femme, comptant sur sa figure, sur
son physique. Il s'était dit :

— Que diable, dans le tas de celles qui viennent là,
je finirai bien par trouver mon affaire. Et il cherchait avec
un flair de chien de chasse, un flair de Normand, sûr
qu'il la reconnaîtrait, rien qu'en l'apercevant, celle qui
le ferait riche.

Ce fut un lundi matin qu'il murmura :

— Tiens — tiens — tiens.

Il faisait un temps superbe, un de ces temps jaunes et bleus du mois de juillet où on dirait qu'il pleut de la chaleur. Là vaste plage couverte de monde, de toilettes, de couleurs, avait l'air d'un jardin de femmes ; et les barques de pêche aux voiles brunes, presque immobiles sur l'eau bleue, qui les reflétait la tête en bas, semblaient dormir sous le grand soleil de dix heures. Elles restaient là, en face de la jetée de bois, les unes tout près, d'autres plus loin, d'autres très loin, sans remuer, comme accablées par une paresse de jour d'été, trop nonchalantes pour gagner la haute mer ou même pour rentrer au port. Et, là-bas, on apercevait vaguement, dans la brume, la côte du Havre portant à son sommet deux points blancs, les phares de Sainte-Adresse.

Il s'était dit :

— Tiens, tiens, tiens ! en la rencontrant pour la troisième fois et en sentant sur lui son regard, son regard de femme mûre, expérimentée et hardie, qui s'offre.

Déjà il l'avait remarquée les jours précédents, car elle semblait aussi en quête de quelqu'un. C'était une Anglaise assez grande, un peu maigre, l'Anglaise audacieuse dont les voyages et les circonstances ont fait une espèce d'homme. Pas mal d'ailleurs, marchant sec, d'un pas court, vêtue simplement, sobrement, mais coiffée d'une façon drôle, comme elles se coiffent toutes. Elle avait les yeux assez beaux, les pommettes saillantes, un peu rouges, les dents trop longues, toujours au vent.

Quand il arriva près du port, il revint sur ses pas

pour voir s'il la rencontrerait encore une fois. Il la rencontra et il lui jeta un coup d'œil enflammé, un coup d'œil qui disait :

— Me voilà.

Mais comment lui parler ?

Il revint une cinquième fois, et comme il la voyait de nouveau arriver en face de lui, elle laissa tomber son ombrelle.

Il s'élança, la ramassa, et, la présentant :

— Permettez, madame...

Elle répondit :

— Aôh, vos êtes fort gracious.

Et ils se regardèrent. Ils ne savaient plus que dire. Elle avait rougi.

Alors, s'enhardissant, il prononça :

— En voilà un beau temps.

Elle murmura :

— Aôh, délicious !

Et ils restèrent encore en face l'un de l'autre, embarrassés, et ne songeant d'ailleurs à s'en aller ni l'un ni l'autre. Ce fut elle qui eut l'audace de demander.

— Vos été pour longtemps dans cette pays.

Il répondit en souriant :

— Oh ! oui, tant que je voudrai !

Puis, brusquement, il proposa :

— Voulez-vous venir jusqu'à la jetée ? c'est si joli par ces jours-là !

Elle dit simplement :

— Je volé bien.

Et ils s'en allèrent côte à côte, elle de son allure sèche

et droite, lui de son allure balancée de dindon qui fait la roue.

Trois mois plus tard les notables commerçants de Caen recevaient, un matin, une grande lettre blanche qui disait :

Monsieur et Madame Prosper Bombard ont l'honneur de vous faire part du mariage de Monsieur Simon Bombard, leur fils, avec Madame veuve Kate Robertson.

Et, sur l'autre page :

Madame veuve Kate Robertson a l'honneur de vous faire part de son mariage avec Monsieur Simon Bombard.

Ils s'installèrent à Paris.

La fortune de la mariée s'élevait à quinze mille francs de rentes bien claires. Simon voulait quatre cents francs par mois pour sa cassette personnelle. Il dut prouver que sa tendresse méritait ce sacrifice ; il le prouva avec facilité et obtint ce qu'il demandait.

Dans les premiers temps tout alla bien. M^me Bombard jeune n'était plus jeune, assurément, et sa fraîcheur avait subi des atteintes ; mais elle avait une manière d'exiger les choses qui faisait qu'on ne pouvait les lui refuser.

Elle disait avec son accent anglais volontaire et grave: « Oh ! Simon, nô allons nô coucher », qui faisait aller Simon vers le lit comme un chien à qui on ordonne « à la

niche ». Et elle savait vouloir en tout, de jour comme de nuit, d'une façon qui forçait les résistances.

Elle ne se fâchait pas; elle ne faisait point de scènes; elle ne criait jamais; elle n'avait jamais l'air irrité ou blessé, ou même froissé. Elle savait parler, voilà tout, et elle parlait à propos, d'un ton qui n'admettait point de réplique.

Plus d'une fois Simon faillit hésiter; mais devant les désirs impérieux et brefs de cette singulière femme, il finissait toujours par céder.

Cependant comme il trouvait monotones et maigres les baisers conjugaux, et comme il avait en poche de quoi s'en offrir de plus gros, il s'en paya bientôt à satiété, mais avec mille précautions.

M^{me} Bombard s'en aperçut, sans qu'il devinât à quoi; et elle lui annonça un soir qu'elle avait loué une maison à Mantes où ils habiteraient dans l'avenir.

L'existence devint plus dure. Il essaya des distractions diverses qui n'arrivaient point à compenser le besoin de conquêtes féminines qu'il avait au cœur.

Il pêcha à la ligne, sut distinguer les fonds qu'aime le goujon, ceux que préfère la carpe ou le gardon, les rives favorites de la brême et les diverses amorces qui tentent les divers poissons.

Mais en regardant son flotteur trembloter au fil de l'eau, d'autres visions hantaient son esprit.

Il devint l'ami du chef de bureau de la sous-préfecture et du capitaine de gendarmerie; et ils jouèrent au whist, le soir, au café du Commerce, mais son œil triste déshabillait la reine de trèfle ou la dame de carreau, tandis que

le problème des jambes absentes dans ces figures à deux têtes embrouillait tout à fait les images écloses en sa pensée.

Alors il conçut un plan, un vrai plan de Normand rusé. Il fit prendre à sa femme une bonne qui lui convenait ; non point une belle fille, une coquette, une parée, mais une gaillarde, rouge et rablée, qui n'éveillerait point de soupçons et qu'il avait préparée avec soins à ses projets.

Elle leur fut donnée en confiance par le directeur de l'octroi, un ami complice et complaisant qui la garantissait sous tous les rapports. Et M^me Bombard accepta avec confiance le trésor qu'on lui présentait.

Simon fut heureux, heureux avec précaution, avec crainte, et avec des difficultés incroyables.

Il ne dérobait à la surveillance inquiète de sa femme que de très courts instants, par-ci par-là, sans tranquillité.

Il cherchait un truc, un stratagème, et il finit par en trouver un qui réussit parfaitement.

M^me Bombard qui n'avait rien à faire se couchait tôt, tandis que Bombard qui jouait au whist, au café du Commerce, rentrait chaque jour à neuf heures et demie précises. Il imagina de faire attendre Victorine dans le couloir de sa maison, sur les marches du vestibule, dans l'obscurité.

Il avait cinq minutes au plus, car il redoutait toujours une surprise ; mais enfin cinq minutes de temps en temps suffisaient à son ardeur, et il glissait un louis, car il était large en ses plaisirs, dans la main de la servante, qui remontait bien vite à son grenier.

Et il riait, il triomphait tout seul, il répétait tout haut, comme le barbier du roi Midas, dans les roseaux du fleuve, en pêchant l'ablette :

— Fichue dedans, la patronne.

Et le bonheur de ficher dedans M^{me} Bompard équivalait, certes, pour lui, à tout ce qu'avait d'imparfait et d'incomplet sa conquête à gages.

Or, un soir, il trouva comme d'habitude Victorine l'attendant sur les marches, mais elle lui parut plus vive, plus animée que d'habitude, et il demeura peut-être dix minutes au rendez-vous du corridor.

Quand il entra dans la chambre conjugale, M^{me} Bombard n'y était pas. Il sentit un grand frisson froid qui lui courait dans le dos et il tomba sur une chaise, torturé d'angoisse.

Elle apparut, un bougeoir à la main.

Il demanda, tremblant :

— Tu étais sortie ?

Elle répondit tranquillement :

— Je été dans la cuisine boire un verre d'eau.

Il s'efforça de calmer les soupçons qu'elle pouvait avoir ; mais elle semblait tranquille, heureuse, confiante ; et il se rassura.

Quand ils pénétrèrent, le lendemain, dans la salle à manger pour déjeuner, Victorine mit sur la table les côtelettes.

Comme elle se relevait, M^{me} Bombard lui tendit un

louis qu'elle tenait délicatement entre deux doigts, et lui dit, avec son accent calme et sérieux :

— Tené, ma fille, voilà vingt francs dont j'avé privé vô, hier au soir. Je vô les rendé.

Et la fille interdite prit la pièce d'or qu'elle regardait d'un air stupide, tandis que Bombard, effaré, ouvrait sur sa femme des yeux énormes.

LE PAIN MAUDIT

Le Pain maudit

I

Le père Taille avait trois filles. Anna, l'aînée, dont on ne parlait guère dans la famille, Rose, la cadette, âgée maintenant de dix-huit ans, et Claire, la dernière, encore gosse, qui venait de prendre son quinzième printemps.

Le père Taille, veuf aujourd'hui, était maître mécanicien dans la fabrique de boutons de M. Lebrument. C'était un brave homme, très considéré, très droit, très sobre, une sorte d'ouvrier modèle. Il habitait rue d'Angoulême, au Havre.

Quand Anna avait pris la clef des champs, comme on dit, le vieux était entré dans une colère épouvantable; il avait menacé de tuer le séducteur, un blanc-bec, un chef de rayon d'un grand magasin de nouveautés de la ville. Puis, on lui avait dit de divers côtés que la petite se rangeait, qu'elle mettait de l'argent sur l'État, qu'elle ne courait pas, liée maintenant avec un homme d'âge, un

juge au tribunal de commerce, M. Dubois; et le père s'était calmé.

Il s'inquiétait même de ce qu'elle faisait; demandait des renseignements sur sa maison à ses anciennes camarades qui avaient été la revoir; et quand on lui affirmait qu'elle était dans ses meubles et qu'elle avait un tas de vases de couleur sur ses cheminées, des tableaux peints sur les murs, des pendules dorées et des tapis partout, un petit sourire content lui glissait sur les lèvres. Depuis trente ans il travaillait, lui, pour amasser cinq ou six pauvres mille francs! La fillette n'était pas bête, après tout!

Or, voilà qu'un matin, le fils Touchard, dont le père était tonnelier au bout de la rue, vint lui demander la main de Rose, la seconde. Le cœur du vieux se mit à battre. Les Touchard étaient riches et bien posés; il avait décidément de la chance dans ses filles.

La noce fut décidée; et on résolut qu'on la ferait d'importance. Elle aurait lieu à Sainte-Adresse, au restaurant de la mère Jusa. Cela coûterait bon, par exemple, ma foi tant pis, une fois n'était pas coutume.

Mais un matin, comme le vieux était rentré au logis pour déjeuner, au moment où il se mettait à table avec ses deux filles, la porte s'ouvrit brusquement et Anna parut. Elle avait une toilette brillante, et des bagues, et un chapeau à plume. Elle était gentille comme un cœur avec tout ça. Elle sauta au cou du père, qui n'eut pas le temps de dire « ouf », puis elle tomba en pleurant dans les bras de ses deux sœurs, puis elle s'assit en s'essuyant les yeux et demanda une assiette pour manger la soupe

avec la famille. Cette fois, le père Taille fut attendri jus-
qu'aux larmes à son tour, et il répéta à plusieurs reprises:
« C'est bien, ça, petite, c'est bien, c'est bien. » Alors, elle
dit tout de suite son affaire. — Elle ne voulait pas qu'on
fît la noce de Rose à Sainte-Adresse, elle ne voulait pas,
ah ! mais non. On la ferait chez elle, donc, cette noce, et
ça ne coûterait rien au père. Ses dispositions étaient
prises, tout arrangé, tout réglé ; elle se chargeait de tout,
voilà !

Le vieux répéta : « Ça, c'est bien, petite, c'est bien ».
Mais un scrupule lui vint. Les Touchard consentiraient-
ils? Rose, la fiancée, surprise, demanda : « Pourquoi
qu'ils ne voudraient pas, donc? Laisse faire, je m'en
charge, je vais en parler à Philippe, moi ».

Elle en parla à son prétendu, en effet, le jour même;
et Philippe déclara que ça lui allait parfaitement. Le père
et la mère Touchard furent aussi ravis de faire un bon
dîner qui ne coûterait rien. Et ils disaient : « Ça sera bien,
pour sûr, vu que monsieur Dubois roule sur l'or ».

Alors ils demandèrent la permission d'inviter une
amie, Mlle Florence, la cuisinière des gens du premier.
Anna consentit à tout.

Le mariage était fixé au dernier mardi du mois.

II

Après la formalité de la mairie et la cérémonie reli-
gieuse, la noce se dirigea vers la maison d'Anna. Les
Taille avaient amené, de leur côté, un cousin d'âge,

M. Sauvetanin, homme à réflexions philosophiques, céré-
monieux et compassé, dont on attendait l'héritage, et une
vieille tante, Mme Lamondois.

M. Sauvetanin avait été désigné pour offrir son bras à
Anna. On les avait accouplés, les jugeant les deux per-
sonnes les plus importantes et les plus distinguées de la
société.

Dès qu'on arriva devant la porte d'Anna, elle quitta
immédiatement son cavalier et courut en avant en décla-
rant : « Je vais vous montrer le chemin. »

Elle monta, en courant, l'escalier, tandis que la proces-
sion des invités suivait plus lentement.

Dès que la jeune fille eut ouvert son logis elle se ran-
gea pour laisser passer le monde qui défilait devant elle
en roulant de grands yeux et en tournant la tête de tous
les côtés pour voir ce luxe mystérieux.

La table était mise dans le salon, la salle à manger
ayant été jugée trop petite. Un restaurateur voisin avait
loué les couverts, et les carafes pleines de vin luisaient
sous un rayon de soleil qui tombait d'une fenêtre.

Les dames pénétrèrent dans la chambre à coucher
pour se débarrasser de leurs châles et de leurs coiffures,
et le père Touchard, debout sur la porte, clignait de l'œil
vers le lit bas et large, et faisait aux hommes des petits
signes farceurs et bienveillants. Le père Taille, très digne,
regardait avec un orgueil intime l'ameublement somp-
tueux de son enfant, et il allait de pièce en pièce, tenant
toujours à la main son chapeau, inventoriant les objets
d'un regard, marchant à la façon d'un sacristain dans une
église.

Anna allait, venait, courait, donnait des ordres, hâtait le repas.

Enfin, elle apparut sur le seuil de la salle à manger démeublée, en criant : « Venez tous par ici une minute. » Les douze invités se précipitèrent et aperçurent douze verres de madère en couronne sur un guéridon.

Rose et son mari se tenaient par la taille, s'embrassaient déjà dans les coins. M. Sauvetanin ne quittait pas Anna de l'œil, poursuivi sans doute par cette ardeur, par cette attente qui remuent les hommes, même vieux et laids, auprès des femmes galantes, comme si elles devaient par métier, par obligation professionnelle, un peu d'elles à tous les mâles.

Puis on se mit à table, et le repas commença. Les parents occupaient un bout, les jeunes gens tout l'autre bout. Mme Touchard la mère présidait à droite, la jeune mariée présidait à gauche. Anna s'occupait de tous et de chacun, veillait à ce que les verres fussent toujours pleins et les assiettes toujours garnies. Une certaine gêne respectueuse, une certaine intimidation devant la richesse du logis et la solennité du service paralysaient les convives. On mangeait bien, on mangeait bon, mais on ne rigolait pas comme on doit rigoler dans les noces. On se sentait dans une atmosphère trop distinguée, cela gênait. Mme Touchard, la mère, qui aimait rire, tâchait d'animer la situation ; et, comme on arrivait au dessert, elle cria : « Dis donc, Philippe, chante-nous quelque chose. » Son fils passait dans sa rue pour posséder une des plus jolies voix du Havre.

Le marié aussitôt se leva, sourit, et se tournant vers

sa belle-sœur, par politesse et par galanterie, il chercha quelque chose de circonstance, de grave, de comme il faut, qu'il jugeait en harmonie avec le sérieux du dîner.

Anna prit un air content et se renversa sur sa chaise pour écouter. Tous les visages devinrent attentifs et vaguement souriants.

Le chanteur annonça « Le pain maudit », et arrondissant le bras droit, ce qui fit remonter son habit dans son cou, il commença :

> Il est un pain béni qu'à la terre économe
> Il nous faut arracher d'un bras victorieux.
> C'est le pain du travail, celui que l'honnête homme,
> Le soir, à ses enfants, apporte tout joyeux.
> Mais il en est un autre, à mine tentatrice,
> Pain maudit que l'Enfer pour nous damner sema (*bis*)
> Enfants, n'y touchez pas, car c'est le pain du vice !
> Chers enfants, gardez-vous de toucher ce pain-là ! (*bis*.)

Toute la table applaudit avec frénésie. Le père Touchard déclara : « Ça, c'est tapé. » La cuisinière invitée tourna dans sa main un croûton qu'elle regardait avec attendrissement. M. Sauvetanin murmura : « Très bien ! » Et la tante Lamondois s'essuyait déjà les yeux avec sa serviette.

Le marié annonça : « Deuxième couplet » et le lança avec une énergie croissante :

> Respect au malheureux qui, tout brisé par l'âge,
> Nous implore en passant sur le bord du chemin,
> Mais flétrissons celui qui, désertant l'ouvrage,
> Alerte et bien portant, ose tendre la main.
> Mendier sans besoin, c'est voler la vieillesse.
> C'est voler l'ouvrier que le travail courba (*bis*.)

Honte à celui qui vit du pain de la paresse,
Chers enfants, gardez-vous de toucher ce pain-là (*bis.*)

Tous, même les deux servants restés debout contre les murs, hurlèrent en chœur le refrain. Les voies fausses et pointues des femmes faisaient détonner les voies grasses des hommes.

La tante et la mariée pleuraient tout à fait. Le père Taille se mouchait avec un bruit de trombone, et le père Touchard affolé brandissait un pain tout entier jusqu'au milieu de la table. La cuisinière amie laissait tomber des larmes muettes sur son croûton qu'elle tourmentait toujours.

M. Sauvetanin prononça au milieu de l'émotion générale : « Voilà des choses saines, bien différentes des gaudrioles. »

Anna, troublée aussi, envoyait des baisers à sa sœur et lui montrait d'un signe amical son mari, comme pour la féliciter.

Le jeune homme, grisé par le succès, reprit :

Dans ton simple réduit, ouvrière gentille,
Tu sembles écouter la voix du tentateur !
Pauvre enfant, va, crois-moi, ne quitte pas l'aiguille.
Tes parents n'ont que toi, toi seule es leur bonheur.
Dans un luxe honteux trouveras-tu des charmes
Lorsque, te maudissant, ton père expirera? (*bis*)
Le pain du déshonneur se pétrit dans les larmes.
Chers enfants, gardez-vous de toucher ce pain-là. (*bis.*)

Seuls les deux servants et le père Touchard reprirent le refrain. Anna, toute pâle, avait baissé les yeux. Le marié, interdit, regardait autour de lui sans comprendre

la cause de ce froid subit. La cuisinière avait soudain lâché son croûton comme s'il était devenu empoisonné.

M. Sauvetanin déclara gravement, pour sauver la situation : « Le dernier couplet est de trop. » Le père Taille, rouge jusqu'aux oreilles, roulait des regards féroces autour de lui.

Alors Anna, qui avait les yeux pleins de larmes, dit aux valets d'une voix mouillée, d'une voix de femme qui pleure : « Apportez le champagne. »

Aussitôt une joie secoua les invités. Les visages redevinrent radieux. Et comme le père Touchard, qui n'avait rien vu, rien senti, rien compris, brandissait toujours son pain et chantait tout seul, en le montrant aux convives :

Chers enfants, gardez-vous de toucher ce pain-là,

toute la noce, électrisée en voyant apparaître les bouteilles coiffées d'argent, reprit avec un bruit de tonnerre :

Chers enfants, gardez-vous de toucher ce pain-là.

LES SABOTS

Les Sabots

Le vieux curé bredouillait les derniers mots de son sermon au-dessus des bonnets blancs des paysannes et des cheveux rudes ou pommadés des paysans. Les grands paniers des fermières venues de loin pour la messe étaient posés à terre à côté d'elles ; et la lourde chaleur d'un jour de juillet dégageait de tout le monde une odeur de bétail, un fumet de troupeau. Les voix des coqs entraient par la grande porte ouverte, et aussi les meuglements des vaches couchées dans un champ voisin. Parfois un souffle d'air chargé d'aromes des champs s'engouffrait sous le portail et, en soulevant sur son passage les longs rubans des coiffures, il allait faire vaciller sur l'autel les petites flammes jaunes au bout des cierges « ... Comme le désire le bon Dieu. Ainsi soit-il ! » prononçait le prêtre. Puis il se tut, ouvrit un livre et se mit, comme chaque semaine, à recommander à ses ouailles les petites affaires intimes de la commune. C'était un vieux homme à cheveux blancs qui administrait la paroisse depuis bientôt quarante ans,

et le prône lui servait pour communiquer familièrement avec tout son monde.

Il reprit : « Je recommande à vos prières Désiré Vallin, qu'est bien malade et aussi la Paumelle qui ne se remet pas vite de ses couches. »

Il ne savait plus ; il cherchait les bouts de papier posés dans un bréviaire. Il en retrouva deux enfin, et continua : « Il ne faut pas que les garçons et les filles viennent comme ça, le soir, dans le cimetière, ou bien je préviendrai le garde-champêtre. — M. Césaire Omont voudrait bien trouver une jeune fille honnête comme servante. » Il réfléchit encore quelques secondes, puis ajouta : « C'est tout, mes frères, c'est la grâce que je vous souhaite au nom du Père, et du Fils, et du Saint-Esprit. »

Et il descendit de la chaire pour terminer sa messe.

Quand les Malandain furent rentrés dans leur chaumière, la dernière du hameau de la Sablière, sur la route de Fourville, le père, un vieux petit paysan sec et ridé, s'assit devant la table, pendant que sa femme décrochait la marmite et que sa fille Adélaïde prenait dans le buffet les verres et les assiettes, et il dit : « Ça s'rait p't'être bon, c'te place chez maîtr' Omont, vu que le v'là veuf, que sa bru l'aime pas, qu'il est seul et qu'il a d'quoi. J'ferions p't'être ben d'y envoyer Adélaïde. »

La femme posa sur la table la marmite toute noire, enleva le couvercle, et, pendant que montait au plafond une vapeur de soupe pleine d'une odeur de choux, elle réfléchit.

L'homme reprit : « Il a d'quoi, pour sûr. Mais qu'il

faudrait être dégourdi et qu'Adélaïde l'est pas un brin.

La femme alors articula : « J'pourrions voir tout d'même. » Puis, se tournant vers sa fille, une gaillarde à l'air niais, aux cheveux jaunes, aux grosses joues rouges comme la peau des pommes, elle cria : « T'entends, grande bête. T'iras chez maît' Omont t'proposer comme servante, et tu f'ras tout c'qu'il te commandera. »

La fille se mit à rire sottement sans répondre. Puis tous trois commencèrent à manger.

Au bout de dix minutes, le père reprit : « Écoute un mot, la fille, et tâche d'n' point te mettre en défaut sur ce que j'vas te dire... »

Et il lui traça en termes lents et minutieux toute une règle de conduite, prévoyant les moindres détails, la préparant à cette conquête d'un vieux veuf mal avec sa famille,

La mère avait cessé de manger pour écouter et elle demeurait, la fourchette à la main, les yeux sur son homme et sur sa fille tour à tour, suivant cette instruction avec une attention concentrée et muette.

Adélaïde restait inerte, le regard errant et vague, docile et stupide.

Dès que le repas fut terminé la mère lui fit mettre son bonnet, et elles partirent toutes deux pour aller trouver M. Césaire Omont. Il habitait une sorte de petit pavillon de briques adossé aux bâtiments d'exploitation qu'occupaient ses fermiers. Car il s'était retiré du faire-valoir, pour vivre de ses rentes.

Il avait environ cinquante-cinq ans ; il était gros, ovial et bourru comme un homme riche. Il riait et criait

à faire tomber les murs, buvait du cidre et de l'eau-de-vie
à pleins verres, et passait encore pour chaud, malgré son
âge.

Il aimait à se promener dans les champs, les mains
derrière le dos, enfonçant ses sabots de bois dans la terre
grasse, considérant la levée du blé ou la floraison des
colzas d'un œil d'amateur à son aise, qui aime ça, mais
qui ne se la foule plus.

On disait de lui : « C'est un père Bontemps, qui n'est
pas bien levé tous les jours. »

Il reçut les deux femmes, le ventre à table, achevant
son café. Et, se renversant, il demanda :

— Qu'est-ce que vous désirez ?

La mère prit la parole :

— C'est no't fille Adélaïde que j'viens vous proposer
pour servante, vu c'qu'a dit çu matin monsieur le curé.

Maître Omont considéra la fille, puis, brusquement:

— Quel âge qu'elle a, c'te grande bique-là ?

— Vingt-un ans à la Saint-Michel, monsieur Omont.

— C'est bien; all'aura quinze francs par mois et
l'fricot. J'l'attends d'main, pour faire ma soupe du
matin.

Et il congédia les deux femmes.

Adélaïde entra en fonctions le lendemain et se mit à
travailler dur, sans dire un mot, comme elle faisait chez
ses parents.

Vers neuf heures, comme elle nettoyait les carreaux de
la cuisine, monsieur Omont la héla.

— Adélaïde !

Elle accourut.

— Me v'là, not' maître.

Dès qu'elle fut en face de lui, les mains rouges et aban-
données, l'œil troublé, il déclara :

— Écoute un peu, qu'il n'y ait pas d'erreur entre
nous. T'es ma servante, mais rien de plus. T'entends.
Nous ne mêlerons point nos sabots.

— Oui, not' maître.

— Chacun sa place, ma fille, t'as ta cuisine; j'ai ma
salle. A part ça, tout sera pour té comme pour mé. C'est
convenu?

— Oui, not' maître.

— Allons, c'est bien, va à ton ouvrage.

Et elle alla reprendre sa besogne.

A midi elle servit le dîner du maître dans sa petite
salle à papier peint, puis, quand la soupe fut sur la
table, elle alla prévenir M. Omont.

— C'est servi, not' maître.

Il entra, s'assit, regarda autour de lui, déplia sa ser-
viette, hésita une seconde, puis, d'une voix de tonnerre :

— Adélaïde!

Elle arriva, effarée. Il cria comme s'il allait la massa-
crer.

— Eh bien, nom de D... et té, ousqu'est ta place ?

— Mais... not' maître...

Il hurlait :

— J'aime pas manger tout seul, nom de D...; tu vas
te mett' là ou bien foutre le camp si tu n'veux pas. Va
chercher t'n assiette et ton verre. »

Épouvantée, elle apporta son couvert en balbutiant :

— Me v'là, not' maître.

Et elle s'assit en face de lui.

Alors il devint jovial ; il trinquait, tapait sur la table, racontait des histoires qu'elle écoutait les yeux baissés, sans oser prononcer un mot.

De temps en temps elle se levait pour aller chercher du pain, du cidre, des assiettes.

En apportant le café, elle ne déposa qu'une tasse devant lui, alors, repris de colère, il grogna :

— Eh bien, et pour té ?

— J'n'en prends point, not' maître.

— Pourquoi que tu n'en prends point?

— Parce que je l'aime point.

Alors il éclata de nouveau :

— J'aime pas prend' mon café tout seul, nom de D... Si tu n'veux pas t'mett' à en prendre itou, tu vas foutre le camp, nom de D... Va chercher une tasse et plus vite que ça.

Elle alla chercher une tasse, se rassit, goûta la noire liqueur, fit la grimace, mais, sous l'œil furieux du maître, avala jusqu'au bout. Puis il fallut boire le premier verre d'eau-de-vie de la rincette, le second du pousse-rincette, et le troisième du coup-de-pied-au-cul.

Et M. Omont la congédia.

— Va laver ta vaisselle maintenant, t'es une bonne fille.

Il en fut de même au dîner. Puis elle dut faire sa partie de dominos, puis il l'envoya se mettre au lit.

— Va te coucher, je monterai tout à l'heure.

Et elle gagna sa chambre, une mansarde sous le toit Elle fit sa prière, se dévêtit et se glissa dans ses draps.

Mais soudain elle bondit, effarée. Un cri furieux faisait trembler la maison :

— Adélaïde?

Elle ouvrit sa porte et répondit de son grenier :

— Me v'là, not' maître.

— Ousque t'es ?

— Mais j'suis dans mon lit, donc, not' maître.

Alors il vociféra :

— Veux-tu bien descendre, nom de D... J'aime pas coucher tout seul, nom de D..., et si tu n'veux point, tu vas me foutre le camp, nom de D...

Alors, elle répondit d'en haut, éperdue, cherchant sa chandelle :

— Me v'là, not' maître!

Et il entendit ses petits sabots découverts battre le sapin de l'escalier; et, quand elle fut arrivée aux dernières marches, il la prit par le bras, et dès qu'elle eut laissé devant la porte ses étroites chaussures de bois à côté des grosses galoches du maître, il la poussa dans sa chambre en grognant :

— Plus vite que ça, donc, nom de D...!

Et elle répétait sans cesse, ne sachant plus ce qu'elle disait :

— Me v'là, me v'là, not' maître.

Six mois après, comme elle allait voir ses parents, un dimanche, son père l'examina curieusement, puis demanda :

— T'es-ti point grosse?

Elle restait stupide, regardant son ventre, répétant :

— Mais non, je n'crois point.

Alors, il l'interrogea, voulant tout savoir :

— Dis-mé si vous n'avez point, quéque soir, mêlé vos sabots ?

— Oui, je les ons mêlés l'premier soir et puis l's autres.

— Mais t'es pleine, grande futaille.

Elle se mit à sangloter, balbutiant :

— J'savais ti, mé ? J'savais ti, mé ?

Le père Malandain la guettait, l'œil éveillé, la mine satisfaite. Il demanda :

— Quéque tu ne savais point ?

Elle prononça, à travers ses pleurs :

— J'savais ti, mé, que ça se faisait comme ça d's'éfants !

Sa mère rentrait. L'homme articula, sans colère :

— La v'là grosse, à c't'heure.

Mais la femme se fâcha, révoltée d'instinct, injuriant à pleine gueule sa fille en larmes, la traitant de « manante » et de « traînée ».

Alors le vieux la fit taire. Et comme il prenait sa casquette pour causer de leurs affaires avec maît' Césaire Omont, il déclara :

— All' est tout d'même encore pu sotte que j'aurais cru. All' n'savait point c'qu'all' faisait, c'te niente.

Au prône du dimanche suivant, le vieux curé publiait les bans de M. Onufre-Césaire Omont avec Céleste-Adélaïde Malandain.

LA BUCHE

La Bûche

Le salon était petit, tout enveloppé de teintures épaisses, et discrètement odorant. Dans une cheminée large, un grand feu flambait ; tandis qu'une seule lampe posée sur le coin de la cheminée versait une lumière molle, ombrée par un abat-jour d'ancienne dentelle, sur les deux personnes qui causaient.

Elle, la maîtresse de la maison, une vieille à cheveux blancs, mais une de ces vieilles adorables dont la peau sans rides est lisse comme un fin papier et parfumée, tout imprégnée de parfums, pénétrée jusqu'à la chair vive par les essences fines dont elle se baigne, depuis si longtemps, l'épiderme : une vieille qui sent, quand on lui baise la main, l'odeur légère qui vous saute à l'odorat lorsqu'on ouvre une boîte de poudre d'iris florentine.

Lui était un ami d'autrefois, resté garçon, un ami de toutes les semaines, un compagnon de voyage dans l'existence. Rien de plus d'ailleurs.

Ils avaient cessé de causer depuis une minute environ,

et tous deux regardaient le feu, rêvant à n'importe quoi, en l'un de ces silences amis des gens qui n'ont point besoin de parler toujours pour se plaire l'un près de l'autre.

Et soudain une grosse bûche, une souche hérissée de racines enflammées, croula. Elle bondit par-dessus les chenets, et, lancée dans le salon, roula sur le tapis en jetant des éclats de feu tout autour d'elle.

La vieille femme, avec un petit cri, se dressa comme pour fuir, tandis que lui, à coup de botte, rejetait dans la cheminée l'énorme charbon et ratissait de sa semelle toutes les éclaboussures ardentes répandues autour.

Quand le désastre fut réparé, une forte odeur de roussi se répandit; et l'homme se rasseyant en face de son amie, la regarda en souriant : « Et voilà, dit-il en montrant la bûche replacée dans l'âtre, voilà pourquoi je ne me suis jamais marié. »

Elle le considéra, tout étonnée, avec cet œil curieux des femmes qui veulent savoir, cet œil des femmes qui ne sont plus toutes jeunes, où la curiosité est réfléchie, compliquée, souvent malicieuse ; et elle demanda : « Comment ça ? »

Il reprit : « Oh! c'est toute une histoire, une assez triste et vilaine histoire.

Mes anciens camarades se sont souvent étonnés du froid survenu tout à coup entre un de mes meilleurs amis qui s'appelait, de son petit nom, Julien, et moi. Ils ne comprenaient point comment deux intimes, deux inséparables comme nous étions, avaient pu tout à coup devenir presque étrangers l'un à l'autre. Or, voici le secret de notre éloignement.

Lui et moi, nous habitions ensemble, autrefois. Nous ne nous quittions jamais ; et l'amitié qui nous liait semblait si forte que rien n'aurait pu la briser.

Un soir, en rentrant, il m'annonça son mariage.

Je reçus un coup dans la poitrine, comme s'il m'avait volé ou trahi. Quand un ami se marie, c'est fini, bien fini. L'affection jalouse d'une femme, cette affection ombrageuse, inquiète et charnelle, ne tolère point l'attachement vigoureux et franc, cet attachement d'esprit, de cœur et de confiance qui existe entre deux hommes.

Voyez-vous, madame, quel que soit l'amour qui les soude l'un à l'autre, l'homme et la femme sont toujours étrangers d'âme, d'intelligence ; ils restent deux belligérants ; ils sont d'une race différente ; il faut qu'il y ait toujours un dompteur et un dompté, un maître et un esclave ; tantôt l'un, tantôt l'autre ; ils ne sont jamais deux égaux. Ils s'étreignent les mains, leurs mains frissonnantes d'ardeur ; ils ne se les serrent jamais d'une large et forte pression loyale, de cette pression qui semble ouvrir les cœurs, les mettre à nu, dans un élan de sincère et forte et virile affection. Les sages, au lieu de se marier et de procréer, comme consolation pour les vieux jours, des enfants qui les abandonneront, devraient chercher un bon et solide ami, et vieillir avec lui dans cette communion de pensées qui ne peut exister qu'entre deux hommes.

Enfin mon ami Julien se maria. Elle était jolie, sa femme, charmante, une petite blonde frisottée, vive, potelée, qui semblait l'adorer.

D'abord, j'allais peu dans la maison, craignant de gêner leur tendresse, me sentant de trop entre eux. Ils sem-

blaient pourtant m'attirer, m'appeler sans cesse, et m'aimer.

Peu à peu je me laissai séduire par le charme doux de cette vie commune ; et je dînais souvent chez eux ; et souvent, rentré chez moi la nuit, je songeais à faire comme lui, à prendre une femme, trouvant bien triste à présent ma maison vide.

Eux, paraissaient se chérir, ne se quittaient point, Or, un soir, Julien m'écrivit de venir dîner. J'y allai. « Mon bon, dit-il, il va falloir que je m'absente, en sortant de table, pour une affaire. Je ne serai pas de retour avant onze heures ; mais à onze heures précises, je rentrerai. J'ai compté sur toi pour tenir compagnie à Berthe. »

La jeune femme sourit : « C'est moi, d'ailleurs, qui ai eu l'idée de vous envoyer chercher », reprit-elle.

Je lui serrai la main. : « Vous êtes gentille comme tout. » Et je sentis sur mes doigts une amicale et longue pression. Je n'y pris pas garde. On se mit à table ; et, dès huit heures, Julien nous quittait.

Aussitôt qu'il fut parti, une sorte de gêne singulière naquit brusquement entre sa femme et moi. Nous ne nous étions encore jamais trouvés seuls, et, malgré notre intimité grandissant chaque jour, le tête-à-tête nous plaçait dans une situation nouvelle. Je parlai d'abord de choses vagues, de ces choses insignifiantes dont on emplit les silences embarrassants. Elle ne répondit rien et restait en face de moi, de l'autre côté de la cheminée, la tête baissée, le regard indécis, un pied tendu vers la flamme, comme perdue en une difficile méditation. Quand je fus à sec d'idées banales, je me tus. C'est étonnant comme il

est difficile quelquefois de trouver des choses à dire. Et
puis, je sentais du nouveau dans l'air, je sentais de l'invi-
sible, un je ne sais quoi impossible à exprimer, cet aver-
tissement mystérieux qui vous prévient des intentions
secrètes, bonnes ou mauvaises, d'une autre personne à
votre égard.

Ce pénible silence dura quelque temps. Puis Berthe
me dit : « Mettez donc une bûche au feu, mon ami,
vous voyez bien qu'il va s'éteindre. » J'ouvris le coffre à
bois, placé juste comme le vôtre, et je pris une bûche, la
plus grosse bûche, que je plaçai en pyramide sur les
autres morceaux aux trois quarts consumés.

Et le silence recommença.

Au bout de quelques minutes, la bûche flambait de
telle façon qu'elle nous grillait la figure. La jeune femme
releva sur moi ses yeux, des yeux qui me parurent étran-
ges. « Il fait trop chaud, maintenant, dit-elle; allons donc
là-bas, sur le canapé. » Et nous voilà partis sur le canapé.

Puis tout à coup, me regardant bien en face : « Qu'est-
ce que vous feriez si une femme vous disait qu'elle vous
aime ? »

Je répondis, fort interloqué : « Ma foi, le cas n'est pas
prévu, et puis, ça dépendrait de la femme. »

Alors, elle se mit à rire, d'un rire sec, nerveux, frémis-
sant, un de ces rires faux qui semblent devoir casser les
verres fins, et elle ajouta :

« Les hommes ne sont jamais audacieux ni malins. »

Elle se tut, puis reprit :

« Avez-vous quelquefois été amoureux, monsieur
Paul ? »

Je l'avouai, oui, j'avais été amoureux.

« Racontez-moi ça, » dit-elle.

Je lui racontai une histoire quelconque. Elle m'écoutait attentivement, avec des marques fréquentes d'improbation et de mépris ; et soudain : « Non, vous n'y entendez rien. Pour que l'amour fût bon, il faudrait, il me semble, qu'il bouleversât le cœur, tordît les nerfs et ravageât la tête ; il faudrait qu'il fût — comment dirai-je ? — dangereux, terrible même, presque criminel, presque sacrilège, qu'il fût une sorte de trahison ; je veux dire qu'il a besoin de rompre des obstacles sacrés, des lois, des liens fraternels ; quand l'amour est tranquille, facile, sans périls, légal, est-ce bien de l'amour ? »

Je ne savais plus quoi répondre, et je jetais en moi-même cette exclamation philosophique : O cervelle féminine, te voilà bien !

Elle avait pris, en parlant, un petit air indifférent, sainte-nitouche ; et, appuyée sur les coussins, elle s'était allongée, couchée, la tête contre mon épaule, la robe un peu relevée, laissant voir un bas de soie rouge que les éclats du foyer enflammaient par instants.

Au bout d'une minute : « Je vous fais peur », dit-elle. Je protestai. Elle s'appuya tout à fait contre ma poitrine et, sans me regarder : « Si je vous disais, moi, que je vous aime, que feriez-vous ? » Et avant que j'eusse pu trouver ma réponse, ses bras avaient pris mon cou, avaient attiré brusquement ma tête, et ses lèvres joignaient les miennes.

Ah ! ma chère amie, je vous réponds que je ne m'amusais pas ! Quoi ! tromper Julien ? devenir l'amant de cette petite folle perverse et rusée, effroyablement sensuelle

sans doute, à qui son mari déjà ne suffisait plus ! Trahir
sans cesse, tromper toujours, jouer l'amour pour le seul
attrait du fruit défendu, du danger bravé, de l'amitié
trahie ! Non, cela ne m'allait guère. Mais que faire ? Imi-
ter Joseph ! rôle fort sot et, de plus, fort difficile, car elle
était affolante en sa perfidie, cette fille, et enflammée
d'audace, et palpitante et acharnée. Oh ! que celui qui n'a
jamais senti sur sa bouche le baiser profond d'une femme
prête à se donner, me jette la première pierre...

... Enfin, une minute de plus... vous comprenez,
n'est-ce pas ? Une minute de plus et... j'étais... non, elle
était... pardon, c'est lui qui l'était !... ou plutôt qui l'au-
rait été, quand voilà qu'un bruit terrible nous fit bondir.

La bûche, oui, la bûche, madame, s'élançait dans le
salon, renversant la pelle, le garde-feu, roulant comme un
ouragan de flamme, incendiant le tapis et se gîtant sous
un fauteuil qu'elle allait infailliblement flamber.

Je me précipitai comme un fou, et pendant que je
repoussais dans la cheminée le tison sauveur, la porte
brusquement s'ouvrit ! Julien, tout joyeux, rentrait. Il
s'écria : « Je suis libre, l'affaire est finie deux heures plus
tôt ! »

Oui, mon amie, sans la bûche, j'étais pincé en flagrant
délit. Et vous apercevez d'ici les conséquences !

Or, je fis en sorte de n'être plus repris dans une situa-
tion pareille, jamais, jamais. Puis je m'aperçus que Julien
me battait froid, comme on dit. Sa femme évidemment
sapait notre amitié ; et peu à peu il m'éloigna de chez lui ;
et nous avons cessé de nous voir. Je ne me suis point ma-
rié. Cela ne doit plus vous étonner.

MAGNÉTISME

Magnétisme

C'était à la fin d'un dîner d'hommes, à l'heure des interminables cigares et des incessants petits verres, dans la fumée et l'engourdissement chaud des digestions, dans le léger trouble des têtes après tant de viandes et de liqueurs absorbées et mêlées.

On vint à parler du magnétisme, des tours de Donato et des expériences du docteur Charcot. Soudain ces hommes sceptiques, aimables, indifférents à toute religion, se mirent à raconter des faits étranges, des histoires incroyables mais arrivées, affirmaient-ils, retombant brusquement en des croyances superstitieuses, se cramponnant à ce dernier reste de merveilleux, devenus dévots, à ce mystère du magnétisme, le défendant au nom de la science.

Un seul souriait, un vigoureux garçon, grand coureur de filles et chasseur de femmes, chez qui une incroyance à tout s'était ancrée si fortement qu'il n'admettait même point la discussion.

Il répétait en ricanant : « Des blagues ! des blagues ! des blagues ! Nous ne discuterons pas Donato qui est tout simplement un très malin faiseur de tours. Quant à M. Charcot qu'on dit être un remarquable savant, il me fait l'effet de ces conteurs dans le genre d'Edgar Poë, qui finissent par devenir fous à force de réfléchir à d'étranges cas de folie. Il a constaté des phénomènes nerveux inexpliqués et encore inexplicables, il marche dans cet inconnu qu'on explore chaque jour, et ne pouvant toujours comprendre ce qu'il voit, il se souvient trop peut-être des explications ecclésiastiques des mystères. Et puis je voudrais l'entendre parler, ce serait tout autre chose que ce que vous répétez. »

Il y eut autour de l'incrédule une sorte de mouvement de pitié, comme s'il avait blasphémé dans une assemblée de moines. ·

Un de ces messieurs s'écria :

— Il y a eu pourtant des miracles autrefois.

Mais l'autre répondit :

— Je le nie. Pourquoi n'y en aurait-il plus ?

Alors chacun apporta un fait, des pressentiments fantastiques, des communications d'âmes à travers de longs espaces, des influences secrètes d'un être sur un autre. Et on affirmait, on déclarait les faits indiscutables, tandis que le nieur acharné répétait : « Des blagues ! des blagues ! des blagues ! »

A la fin il se leva, jeta son cigare, et les mains dans les poches : « Eh bien, moi aussi, je vais vous raconter deux histoires, et puis je vous les expliquerai. Les voici :

« Dans le petit village d'Étretat les hommes, tous

matelots, vont chaque année au banc de Terre-Neuve
pêcher la morue. Or, une nuit, l'enfant d'un de ces marins
se réveilla en sursaut en criant que son « pé était mort à la
mé ». On calma le mioche qui se réveilla de nouveau en
hurlant que son « pé était neyé ». Un mois après on
apprenait en effet la mort du père enlevé du pont par un
coup de mer. La veuve se rappela les réveils de l'enfant.
On cria au miracle, tout le monde s'émut ; on rapprocha
les dates ; et il se trouva que l'accident et le rêve avaient
coïncidé à peu près ; d'où l'on conclut qu'ils étaient arri-
vés la même nuit, à la même heure. Et voilà un mystère
du magnétisme. »

Le conteur s'interrompit. Alors un des auditeurs fort
ému demanda : — Et vous expliquez ça, vous ?

— Parfaitement, Monsieur, j'ai trouvé le secret. Le
fait m'avait surpris et même vivement embarrassé ; mais
moi, voyez-vous, je ne crois pas par principe. De même
que d'autres commencent par croire, je commence par
douter ; et quand je ne comprends nullement, je continue
à nier toute communication télépathique des âmes, sûr
que ma pénétration seule est suffisante. Eh bien, j'ai
cherché, cherché, et j'ai fini, à force d'interroger toutes les
femmes des matelots absents, par me convaincre qu'il ne
se passait pas huit jours sans que l'une d'elles ou l'un des
enfants rêvât et annonçât à son réveil que le « pé était
mort à la mé ». La crainte horrible et constante de cet
accident fait qu'ils en parlent toujours, y pensent sans
cesse. Or, si une de ces fréquentes prédictions coïncide,
par un hasard très simple, avec une mort, on crie aussitôt
au miracle, car on oublie soudain tous les autres songes,

tous les autres présages, toutes les autres prophéties de malheur, demeurés sans confirmation. J'en ai pour ma part considéré plus de cinquante dont les auteurs, huit jours plus tard, ne se souvenaient même plus. Mais si l'homme, en effet, était mort, la mémoire se serait immédiatement réveillée, et l'on aurait célébré l'intervention de Dieu selon les uns, du magnétisme selon les autres.

Un des fumeurs déclara :

— C'est assez juste, ce que vous dites là, mais voyons votre seconde histoire ?

— Oh ! ma seconde histoire est fort délicate à raconter. C'est à moi qu'elle est arrivée, aussi je me défie un rien de ma propre appréciation. On n'est jamais équitablement juge et partie. Enfin la voici :

« J'avais dans mes relations mondaines une jeune femme à laquelle je ne songeais nullement, que je n'avais même jamais regardée attentivement, jamais remarquée, comme on dit.

« Je la classais parmi les insignifiantes, bien qu'elle ne fût pas laide ; enfin elle me semblait avoir des yeux, un nez, une bouche, des cheveux quelconques, toute une physionomie terne ; c'était un de ces êtres sur qui la pensée ne semble se poser que par hasard, ne se pouvoir arrêter, sur qui le désir ne s'abat point.

« Or, un soir, que j'écrivais des lettres au coin de mon feu avant de me mettre au lit, j'ai senti au milieu de ce dévergondage d'idées, de cette procession d'images qui vous effleurent le cerveau quand on reste quelques minutes rêvassant, la plume en l'air, une sorte de petit souffle qui me passait dans l'esprit, un tout léger frisson du cœur,

et immédiatement, sans raison, sans aucun enchaîne-
ment de pensées logique, j'ai vu distinctement, vu comme
si je la touchais, vu des pieds à la tête, et sans voile, cette
jeune femme à qui je n'avais jamais songé plus de trois
secondes de suite, le temps que son nom me traversât la
tête. Et soudain je lui découvris un tas de qualités que je
n'avais point observées, un charme doux, un attrait lan-
goureux ; elle éveilla chez moi cette sorte d'inquiétude
d'amour qui vous met à la poursuite d'une femme. Mais
je n'y pensai pas longtemps. Je me couchai, je m'endor-
mis. Et je rêvai.

« Vous avez tous fait de ces rêves singuliers, n'est-ce
pas, qui vous rendent maîtres de l'impossible, qui vous
ouvrent des portes infranchissables, des joies inespérées,
des bras impénétrables ?

« Qui de nous dans ces sommeils troublés, nerveux,
haletants, n'a tenu, étreint, pétri, possédé avec une acuité
de sensation extraordinaire, celle dont son esprit était
occupé ? Et avez-vous remarqué quelles surhumaines déli-
ces apportent ces bonnes fortunes du rêve ! En quelles
ivresses folles elles vous jettent, de quels spasmes fou-
gueux elles vous secouent, et quelle tendresse infinie,
caressante, pénétrante, elles vous enfoncent au cœur pour
celle qu'on tient défaillante et chaude, en cette illusion
adorable et brutale, qui semble une réalité.

« Tout cela, je l'ai ressenti avec une inoubliable
violence. Cette femme fut à moi, tellement à moi que la
tiède douceur de sa peau me restait aux doigts, l'odeur de
sa peau me restait au cerveau, le goût de ses baisers me
restait aux lèvres, le son de sa voix me restait aux oreilles,

le cercle de son étreinte autour des reins, et le charme ardent de sa tendresse en toute ma personne, longtemps après mon réveil exquis et décevant.

« Et trois fois en cette même nuit, le songe se renouvela.

« Le jour venu, elle m'obsédait, me possédait, me hantait la tête et les sens, à un tel point que je ne restais plus une seconde sans penser à elle.

« A la fin, ne sachant que faire, je m'habillai et je l'allai voir. Dans son escalier j'étais ému à trembler, mon cœur battait, un désir véhément m'envahissait des pieds aux cheveux.

« J'entrai. Elle se leva toute droite en entendant prononcer mon nom ; et soudain nos yeux se croisèrent avec une surprenante fixité. Je m'assis.

« Je balbutiai quelques banalités qu'elle ne semblait point écouter. Je ne savais que dire ni que faire ; alors brusquement je me jetai sur elle, la saisissant à pleins bras ; et tout mon rêve s'accomplit si vite, si facilement, si follement, que je doutai soudain d'être éveillé... Elle fut pendant deux ans ma maîtresse... »

— Qu'en concluez-vous ? dit une voix.

Le conteur semblait hésiter.

— J'en conclus... je conclus à une coïncidence, parbleu ! Et puis, qui sait ? C'est peut-être un regard d'elle que je n'avais point remarqué et qui m'est revenu ce soir-là par un de ces mystérieux et inconscients rappels de mémoire qui nous représente souvent des choses négligées par notre conscience, passées inaperçues devant notre intelligence !

— Tout ce que vous voudrez, conclut un convive, mais si vous ne croyez pas au magnétisme après cela, vous êtes un ingrat mon cher monsieur !

DIVORCE

Divorce

Maître Bontran, le célèbre avocat parisien, celui qui depuis dix ans plaide et obtient toutes les séparations entre époux mal assortis, ouvrit la porte de son cabinet et s'effaça pour laisser passer le nouveau client.

C'était un gros homme ventru, sanguin et vigoureux. Il salua :

— Prenez un siège, dit l'avocat

Le client s'assit et après avoir toussé :

— Je viens vous demander, monsieur, de plaider pour moi dans une affaire de divorce.

— Parlez, monsieur, je vous écoute.

— Monsieur, je suis un ancien notaire.

— Déjà !

— Oui, déjà. J'ai trente-sept ans.

— Continuez.

— Monsieur, j'ai fait un mariage malheureux, très malheureux.

— Vous n'êtes pas le seul.

— Je le sais et je plains les autres ; mais mon cas est tout à fait spécial et mes griefs contre ma femme d'une nature très particulière. Mais je commence par le commencement. Je me suis marié d'une façon très bizarre. Croyez-vous aux idées dangereuses ?

— Qu'entendez-vous par là ?

— Croyez-vous que certaines idées soient aussi dangereuses pour certains esprits que le poison pour le corps ?

— Mais, oui, peut-être.

— Certainement. Il y a des idées qui entrent en nous, nous rongent, nous tuent, nous rendent fou, quand nous ne savons pas leur résister. C'est une sorte de phylloxera des âmes. Si nous avons le malheur de laisser une de ces pensées-là se glisser en nous, si nous ne nous apercevons pas dès le début qu'elle est une envahisseuse, une maîtresse, un tyran, qu'elle s'étend heure par heure, jour par jour, qu'elle revient sans cesse, s'installe, chasse toutes nos préoccupations ordinaires, absorbe toute notre attention, change l'optique de notre jugement, nous sommes perdus.

Voici donc ce qui m'est arrivé, monsieur. Comme je vous l'ai dit, j'étais notaire à Rouen, et un peu gêné, non pas pauvre, mais pauvret, mais soucieux, forcé à une économie de tous les instants, obligé de limiter tous mes goûts, oui, tous ! et c'est dur à mon âge.

Comme notaire, je lisais avec grand soin les annonces des quatrièmes pages des journaux, les offres et demandes, les petites correspondances, etc., etc.; et il m'était arrivé plusieurs fois, par ce moyen, de faire faire à quelques clients des mariages avantageux.

Un jour je tombe sur ceci :

« Demoiselle jolie, bien élevée, comme il faut, épouserait homme honorable et lui apporterait deux millions cinq cent mille francs bien nets. Rien des agences. »

Or, justement, ce jour-là, je dînais avec deux amis, un avoué et un filateur. Je ne sais comment la conversation vint à tomber sur les mariages, et je leur parlai, en riant, de la demoiselle aux deux millions cinq cent mille francs.

Le filateur dit : « Qu'est-ce que c'est que ces femmes-là ? »

L'avoué plusieurs fois avait vu des mariages excellents conclus dans ces conditions, et il donna des détails ; puis il ajouta, en se tournant vers moi :

— Pourquoi diable ne vois-tu pas ça pour toi-même ? Cristi, ça t'en enlèverait, des soucis, deux millions cinq cent mille francs. »

Nous nous mîmes à rire tous les trois, et on parla d'autre chose.

Une heure plus tard je rentre chez moi

Il faisait froid cette nuit-là. J'habitais d'ailleurs une vieille maison, une de ces vieilles maisons de province, qui ressemblent à des champignonnières. En posant la main sur la rampe de fer de l'escalier, un frisson glacé m'entra dans le bras, et comme j'étendais l'autre pour trouver le mur, je sentis, en le rencontrant, un second frisson m'envahir, plus humide, celui-là, et ils se joignirent dans ma poitrine, m'emplirent d'angoisse, de tristesse et d'énervement, Et je murmurai, saisi par un brusque souvenir :

« Sacristi, si je les avais, les deux millions cinq cent mille ! »

Ma chambre était lugubre, une chambre de garçon rouennais faite par une bonne chargée aussi de la cuisine. Vous la voyez d'ici, cette chambre ! un grand lit sans rideaux, une armoire, une commode, une toilette, pas de feu. Des habits sur les chaises, des papiers par terre. Je me mis à chantonner, sur un air de café-concert, car je fréquente quelquefois ces endroits-là :

> Deux millions,
> Deux millions
> Sont bons
> Avec cinq cent mille
> Et femme gentille.

Au fait, je n'avais pas encore pensée à la femme et j'y songeai tout à coup en me glissant dans mon lit. J'y songeai même si bien que je fus longtemps à m'endormir.

Le lendemain, en ouvrant les yeux, avant le jour, je me rappelai que je devais me trouver à huit heures à Darnétal pour une affaire importante. Il fallait me lever à six heures — et il gelait. — Cristi de cristi, les deux millions cinq cent mille !

Je revins à mon étude vers dix heures. Il y avait là dedans une odeur de poêle rougi, de vieux papiers, l'odeur des papiers de procédure avancés — rien ne pue comme ça — et une odeur de clercs — bottes, redingotes, cheveux et peau, peau d'hiver peu lavée, le tout chauffée à dix-huit degrés.

Je déjeunai, comme tous les jours, d'une côtelette

brûlée et d'un morceau de fromage. Puis je me remis au travail.

C'est alors que je pensai très sérieusement à la demoiselle aux deux millions cinq cent mille. Qui était-ce? Pourquoi ne pas écrire? Pourquoi ne pas savoir?

Enfin, monsieur, j'abrège. Pendant quinze jours cette idée me hanta, m'obséda, me tortura. Tous mes ennuis, toutes les petites misères dont je souffrais sans cesse, sans les noter jusque-là, presque sans m'en apercevoir, me piquaient à présent comme des coups d'aiguille, et chacune de ces petites souffrances me laisait songer aussitôt à la demoiselle aux deux millions cinq cent mille.

Je finis par imaginer toute son histoire. Quand on désire une chose, monsieur, on se la figure telle qu'on l'espère.

Certes, il n'était pas naturel qu'une jeune fille de bonne famille, dotée d'une façon aussi convenable, cherchât un mari par la voie des journaux. Cependant, il se pouvait faire que cette fille fût honorable et malheureuse.

D'abord, cette fortune de deux millions cinq cent mille francs ne m'avait pas ébloui comme une chose féerique. Nous sommes habitués, nous autres qui lisons toutes les offres de cette nature, à des propositions de mariage accompagnées de six, huit, dix ou même douze millions. Le chiffre de douze millions est même assez commun. Il plaît. Je sais bien que nous ne croyons guère à la réalité de ces promesses. Elles nous font cependant entrer dans l'esprit ces nombres fantastiques, rendent vraisemblables, jusqu'à un certain point, pour notre crédulité inattentive, les sommes prodigieuses qu'ils représentent et nous dis-

posent à considérer une dot de deux millions cinq cent mille francs comme très possible, très morale.

Donc, une jeune fille, enfant naturelle d'un parvenu et d'une femme de chambre, ayant hérité brusquement de son père, avait appris du même coup la tache de sa naissance, et pour ne pas avoir à la dévoiler à quelque homme qui l'aurait aimée, faisait appel aux inconnus par un moyen fort usité qui comportait en lui-même une sorte d'aveu de tare originelle.

Ma supposition était stupide. Je m'y attachai cependant. Nous autres, notaires, nous ne devrions jamais lire des romans ; et j'en ai lu, monsieur.

Donc j'écrivis, comme notaire, au nom d'un client, et j'attendis.

Cinq jours plus tard, vers trois heures de l'après-midi, j'étais en train de travailler dans mon cabinet, quand le maître clerc m'annonça :

— M^{lle} Chantefrise.

— Faites entrer.

Alors apparut une femme d'environ trente ans, un peu forte, brune, l'air embarrassée.

— Asseyez-vous, mademoiselle.

Elle s'assit et murmura :

— C'est moi, monsieur.

— Mais, mademoiselle, je n'ai pas l'honneur de vous connaître.

— La personne à qui vous avez écrit.

— Pour un mariage ?

— Oui, monsieur.

— Ah ! très bien !

— Je suis venue moi-même, parce qu'on fait mieux les choses en personne.

— Je suis de votre avis, mademoiselle. Donc vous désirez vous marier ?

— Oui, monsieur.

— Vous avez de la famille ?

Elle hésita, baissa les yeux et balbutia :

— Non, monsieur... Ma mère... et mon père... sont morts.

Je tressaillis. — Donc j'avais deviné juste, — et une vive sympathie s'éveilla brusquement dans mon cœur pour cette pauvre créature. Je n'insistai pas pour ménager sa sensibilité, et je repris :

— Votre fortune est bien nette ?

Elle répondit, cette fois, sans hésiter :

— Oh ! oui, monsieur.

Je la regardais avec grande attention, et, vraiment, elle ne me déplaisait pas, bien qu'un peu mûre, plus mûre que je n'avais pensé. C'était une belle personne, une forte personne, une maîtresse femme. Et l'idée me vint de lui jouer une jolie petite comédie de sentiment, de devenir amoureux d'elle, de supplanter mon client imaginaire, quand je me serais assuré que la dot n'était pas illusoire. Je lui parlai de ce client que je dépeignis comme un homme triste, très honorable, un peu malade.

Elle dit vivement : — Oh ! monsieur, j'aime les gens bien portants.

— Vous le verrez, d'ailleurs, mademoiselle, mais pas avant trois ou quatre jours, car il est parti hier pour l'Angleterre.

— Oh! que c'est ennuyeux, dit-elle.

— Mon Dieu! oui ou non. Êtes-vous pressée de retourner chez vous?

— Pas du tout.

— Eh bien, restez ici. Je m'efforcerai de vous faire passer le temps.

— Vous êtes trop aimable, monsieur.

— Vous êtes descendue à l'hôtel?

Elle nomma le premier hôtel de Rouen.

— Eh bien, mademoiselle, voulez-vous permettre à votre futur... notaire de vous offrir à dîner, ce soir.

Elle parut hésiter, inquiète, indécise; puis elle se décida:

— Oui, monsieur.

— Je vous prendrai chez vous à sept heures.

— Oui, monsieur.

— Alors, à ce soir, mademoiselle?

— Oui, monsieur.

Et je la reconduisis jusqu'à ma porte.

A sept heures, j'étais chez elle. Elle avait fait des frais de toilette pour moi et me reçut d'une façon très coquette.

Je l'emmenai dîner dans un restaurant où j'étais con-nu, et je commandai un menu troublant.

Une heure plus tard, nous étions très amis, et elle me contait son histoire. Fille d'une grande dame séduite par un gentilhomme, elle avait été élevée chez des paysans. Elle était riche à présent, ayant hérité de grosses som-

mes de son père et de sa mère, dont elle ne dirait jamais les noms, jamais. Il était inutile de les lui demander, inutile de la supplier, elle ne le dirait pas. Comme je tenais peu à les savoir, je l'interrogeai sur sa fortune. Elle en parla aussitôt en femme pratique, sûre d'elle, sûre des chiffres, des titres, des revenus, des intérêts et des placements. Sa compétence en cette matière me donna aussitôt une grande confiance en elle, et je devins galant, avec réserve cependant; mais je lui montrai clairement que j'avais du goût pour elle.

Elle marivauda, non sans grâce. Je lui offris du champagne, et j'en bus, ce qui me troubla les idées. Je sentis alors clairement que j'allais devenir entreprenant, et j'eus peur, peur de moi, peur d'elle, peur qu'elle ne fût aussi un peu émue et qu'elle ne succombât. Pour me calmer, je recommençai à lui parler de sa dot, qu'il faudrait établir d'une façon précise, car mon client était homme d'affaires.

Elle répondit avec gaieté : — Oh ! je sais. J'ai apporté toutes les preuves.

— Ici, à Rouen ?

— Oui, à Rouen.

— Vous les avez à l'hôtel ?

— Mais oui.

— Pouvez-vous me les montrer?

— Mais oui.

— Ce soir.

— Mais oui.

Cela me sauvait de toutes les façons. Je payai l'addition, et nous voici rentrant chez elle.

Elle avait, en effet, apporté tous ses titres. Je ne pouvais douter, je les tenais, je les palpais, je les lisais. Cela me mit une telle joie au cœur que je fus pris aussitôt d'un violent désir de l'embrasser. Je m'entends, d'un désir chaste, d'un désir d'homme content. Et je l'embrassai, ma foi. Une fois, deux fois, dix fois... si bien que... le champagne aidant... je succombai... ou plutôt... non... elle succomba.

Ah! monsieur, j'en fis une tête, après cela... et elle donc! Elle pleurait comme une fontaine, en me suppliant de ne pas la trahir, de ne pas la perdre. Je promis tout ce qu'elle voulut, et je m'en allai dans un état d'esprit épouvantable.

Que faire? J'avais abusé de ma cliente. Cela n'eût été rien si j'avais eu un client pour elle, mais je n'en avais pas. C'était moi, le client, le client naïf, le client trompé, trompé par lui-même. Quelle situation! Je pouvais la lâcher, c'est vrai. Mais la dot, la belle dot, palpable, sûre! Et puis avais-je le droit de la lâcher, la pauvre fille, après l'avoir ainsi surprise? Mais que d'inquiétudes plus tard!

Combien peu de sécurité avec une femme qui succombait ainsi!

Je passai une nuit terrible d'indécision, torturé de remords, ravagé de craintes, balloté par tous les scrupules. Mais, au matin, ma raison s'éclaircit. Je m'habillai avec recherche et je me présentai, comme onze heures sonnaient, à l'hôtel qu'elle habitait.

En me voyant, elle rougit jusqu'aux yeux.

Je lui dis :

— Mademoiselle, je n'ai plus qu'une chose à faire pour réparer nos torts. Je vous demande votre main.

Elle balbutia :

— Je vous la donne.

Je l'épousai.

Tout alla bien pendant six mois.

J'avais cédé mon étude, je vivais en rentier, et vraiment je n'avais pas un reproche, mais pas un seul à adresser à ma femme.

Cependant je remarquais peu à peu que, de temps en temps, elle faisait de longues sorties. Cela arrivait à jour fixe, une semaine le mardi, l'autre le vendredi. Je me crus trompé, je la suivis.

C'était un mardi. Elle sortit à pied vers une heure, descendit la rue de la République, tourna à droite, par la rue qui suit le palais archiépiscopal, prit la rue Grand-Pont jusqu'à la Seine, longea le pont de Pierre, traversa l'eau. A partir de ce moment, elle parut inquiète, se retournant souvent, épiant tous les passants.

Comme je m'étais costumé en charbonnier, elle ne me reconnut pas.

Enfin, elle entra dans la gare de la rive gauche ; je ne doutais plus, son amant allait arriver par le train d'une heure quarante-cinq.

Je me cachai derrière un camion et j'attendis. Un coup de sifflet... un flot de voyageurs... Elle s'avance, s'élance, saisit dans ses bras une petite fille de trois ans qu'une

grosse paysanne accompagne, et l'embrasse avec passion. Puis elle se retourne, aperçoit une autre enfant, plus jeune encore, fille ou garçon, porté par une autre campagnarde, se jette dessus, l'étreint avec violence, et s'en va, escortée des deux mioches et des deux bonnes, vers la longue et sombre et déserte promenade du Cours-la-Reine.

Je rentrai effaré, l'esprit en détresse, comprenant et ne comprenant pas, n'osant point deviner.

Quand elle revint pour dîner, je me jetai vers elle, hurlant :

— Quels sont ces enfants?

— Quels enfants ?

— Ceux que vous attendiez au train de Saint-Sever ?

Elle poussa un grand cri et s'évanouit. Quand elle revint à elle, elle me confessa, dans un déluge de larmes, qu'elle en avait quatre. Oui, monsieur, deux pour le mardi, deux filles, et deux pour le vendredi, deux garçons.

Et c'était là — quelle honte! — c'était là l'origine de sa fortune. — Les quatre pères!... Elle avait amassé sa dot.

Maintenant, monsieur, que me conseillez-vous de faire ?

L'avocat répondit avec gravité :

— Reconnaître vos enfants, monsieur.

UNE SOIRÉE

Une Soirée

Le maréchal des logis Varajou avait obtenu huit jours de permission pour les passer chez sa sœur, Mme Padoie. Varajou, qui tenait garnison à Rennes et y menait joyeuse vie, se trouvant à sec et mal avec sa famille, avait écrit à sa sœur qu'il pourrait lui consacrer une semaine de liberté. Ce n'est point qu'il aimât beaucoup Mme Padoie, une petite femme moralisante, dévote, et toujours irritée ; mais il avait besoin d'argent, grand besoin, et il se rappelait que, de tous ses parents, les Padoie étaient les seuls qu'il n'eût jamais rançonnés.

Le père Varajou, ancien horticulteur à Angers, retiré maintenant des affaires, avait fermé sa bourse à son garnement de fils et ne le voyait guère depuis deux ans. Sa fille avait épousé Padoie, ancien employé des finances, qui venait d'être nommé receveur des contributions à Vannes.

Donc Varajou, en descendant du chemin de fer, se fit conduire à la maison de son beau-frère. Il le trouva dans son bureau, en train de discuter avec des paysans bretons des environs. Padoie se souleva sur sa chaise, tendit la main par-dessus sa table chargée de papiers, murmura :

« Prenez un siège, je suis à vous dans un instant », se rassit et recommença sa discussion.

Les paysans ne comprenaient point ses explications, le receveur ne comprenait pas leurs raisonnements ; il parlait français, les autres parlaient breton, et le commis qui servait d'interprète ne semblait comprendre personne.

Ce fut long, très long. Varajou considérait son beau-frère en songeant : « Quel crétin! » Padoie devait avoir près de cinquante ans; il était grand, maigre, osseux, lent, velu, avec des sourcils en arcade qui faisaient sur ses yeux deux voûtes de poils. Coiffé d'un bonnet de velours orné d'un feston d'or, il regardait avec mollesse, comme il faisait tout. Sa parole, son geste, sa pensée, tout était mou. Varajou se répétait : « Quel crétin! »

Il était, lui, un de ces braillards tapageurs pour qui la vie n'a pas de plus grands plaisirs que le café et la fille publique. En dehors de ces deux pôles de l'existence, il ne comprenait rien. Hâbleur, bruyant, plein de dédain pour tout le monde, il méprisait l'univers entier du haut de son ignorance. Quand il avait dit : « Nom d'un chien, quelle fête! » il avait certes exprimé le plus haut degré d'admiration dont fût capable son esprit.

Padoie, ayant enfin éloigné ses paysans, demanda :

— Vous allez bien?

— Pas mal, comme vous voyez. Et vous?

— Assez bien, merci. C'est très aimable d'avoir pensé à venir nous voir.

— Oh! j'y songeais depuis longtemps; mais, vous savez, dans le métier militaire, on n'a pas grande liberté.

— Oh! je sais, je sais; n'importe, c'est très aimable.

— Et Joséphine va bien?

— Oui, oui, merci, vous la verrez tout à l'heure.

— Où est-elle donc?

— Elle fait quelques visites; nous avons beaucoup de relations ici; c'est une ville très comme il faut.

— Je m'en doute.

Mais la porte s'ouvrit. Mme Padoie apparut. Elle alla vers son frère sans empressement, lui tendit la joue et demanda :

— Il y a longtemps que tu es ici?

— Non, à peine une demi-heure.

— Ah! je croyais que le train aurait du retard. Si tu veux venir dans le salon.

Ils passèrent dans la pièce voisine, laissant Padoie à ses chiffres et à ses contribuables.

Dès qu'ils furent seuls :

— J'en ai appris de belles sur ton compte, dit-elle.

— Quoi donc?

— Il paraît que tu te conduis comme un polisson, que tu te grises, que tu fais des dettes.

Il eut l'air très étonné.

— Moi! Jamais de la vie.

— Oh! ne nie pas, je le sais.

Il essaya encore de se défendre, mais elle lui ferma la bouche par une semonce si violente qu'il dut se taire.

Puis elle reprit :

— Nous dînons à six heures, tu es libre jusqu'au dîner. Je ne puis te tenir compagnie parce que j'ai pas mal de choses à faire.

Resté seul, il hésita entre dormir ou se promener. Il

regardait tour à tour la porte conduisant à sa chambre et celle conduisant à la rue. Il se décida pour la rue.

Donc il sortit et se mit à rôder, d'un pas lent, le sabre sur les mollets, par la triste ville bretonne, si endormie, si calme, si morte au bord de sa mer intérieure, qu'on appelle « le Morbihan ». Il regardait les petites maisons grises, les rares passants, les boutiques vides, et il murmurait : « Pas gai, pas folichon, Vannes. Triste idée de venir ici ! »

Il gagna le port, si morne, revint par un boulevard solitaire et désolé, et rentra avant cinq heures. Alors il se jeta sur son lit pour sommeiller jusqu'au dîner.

La bonne le réveilla en frappant à sa porte.

— C'est servi, monsieur.

Il descendit.

Dans la salle humide, dont le papier se décollait près du sol, une soupière attendait sur une table ronde sans nappe, qui portait aussi trois assiettes mélancoliques.

M. et Mme Padoie entrèrent en même temps que Varajou. On s'assit, puis la femme et le mari dessinèrent un petit signe de croix sur le creux de leur estomac, après quoi Padoie servit la soupe, de la soupe grasse. C'était jour de pot-au-feu.

Après la soupe vint le bœuf, du bœuf trop cuit, fondu, graisseux, qui tombait en bouillie. Le sous-officier le mâchait avec lenteur, avec dégoût, avec fatigue, avec rage.

Mme Padoie disait à son mari :

— Tu vas ce soir chez M. le premier président?

— Oui, ma chère.

— Ne reste pas tard. Tu te fatigues toutes les fois que tu sors. Tu n'es pas fait pour le monde avec ta mauvaise santé.

Alors elle parla de la société de Vannes, de l'excellente société où les Padoie étaient reçus avec considération, grâce à leurs sentiments religieux.

Puis on servit des pommes de terre en purée, avec un plat de charcuterie, en l'honneur du nouveau venu.

Puis du fromage. C'était fini. Pas de café.

Quand Varajou comprit qu'il devait passer la soirée en tête-à-tête avec sa sœur, subir ses reproches, écouter ses sermons, sans avoir même un petit verre à laisser couler dans sa gorge pour faire glisser les remontrances, il sentit bien qu'il ne pourrait pas supporter ce supplice, et il déclara qu'il devait aller à la gendarmerie pour faire régulariser quelque chose sur sa permission.

Et il se sauva, dès sept heures.

A peine dans la rue, il commença par se secouer comme un chien qui sort de l'eau. Il murmurait : « Nom d'un nom, d'un nom, d'un nom, quelle corvée ! »

Et il se mit à la recherche d'un café, du meilleur café de la ville. Il le trouva sur une place, derrière deux becs de gaz. Dans l'intérieur, cinq ou six hommes, des demi-messieurs peu bruyants, buvaient et causaient doucement, accoudés sur de petites tables, tandis que deux joueurs de billard marchaient autour du tapis vert où roulaient les billes en se heurtant.

On entendait leur voix compter : « Dix-huit, — dix-neuf. — Pas de chance. — Oh ! joli coup ! bien joué ! — Onze. — Il fallait prendre par la rouge. — Vingt. — Bille en tête, bille en tête. — Douze. Hein ! j'avais raison ? »

Varajou commanda : « Une demi-tasse et un carafon de fine, de la meilleure. »

Puis il s'assit, attendant sa consommation.

Il était accoutumé à passer ses soirs de liberté avec ses camarades, dans le tapage et la fumée des pipes. Ce silence, ce calme l'exaspéraient. Il se mit à boire, du café d'abord ; puis son carafon d'eau-de-vie, puis un second qu'il demanda. Il avait envie de rire maintenant, de crier, de chanter, de battre quelqu'un.

Il se dit : « Cristi, me voilà remonté. Il faut que je fasse la fête. » Et l'idée lui vint aussitôt de trouver des filles pour s'amuser. Il appela le garçon.

— Hé, l'employé !

— Voilà, m'sieu.

— Dites, l'employé, ousqu'on rigole ici ?

L'homme resta stupide à cette question.

— Je n'sais pas, m'sieur. Mais ici !

— Comment ici ? Qu'est-ce que tu appelles rigoler, alors, toi ?

— Mais je n'sais pas, m'sieu, boire de la bonne bière ou du bon vin.

— Va donc, moule, et les demoiselles, qu'est-ce que t'en fais ?

— Les demoiselles ! ah ! ah !

— Oui, les demoiselles, ousqu'on en trouve ici ?

— Des demoiselles ?

— Mais, oui, des demoiselles !

Le garçon se rapprocha, baissa la voix :

— Vous demandez ousqu'est la maison ?

— Mais oui, parbleu !

— Vous prenez la deuxième rue à gauche et puis la première à droite. — C'est au 15.

— Merci, ma vieille. V'là pour toi.

— Merci, m'sieu.

Et Varajou sortit en répétant : « Deuxième à gauche, première à droite, 15. » Mais au bout de quelques secondes, il pensa : « Deuxième à gauche, — oui. — Mais en sortant du café, fallait-il prendre à droite ou à gauche ? Bah ? tant pis, nous verrons bien. »

Et il marcha, tourna dans la seconde rue à gauche, puis dans la première à droite, et chercha le numéro 15. C'était une maison d'assez belle apparence, dont on voyait, derrière les volets clos, les fenêtres éclairées au premier étage. La porte d'entrée demeurait entr'ouverte, et une lampe brûlait dans le vestibule. Le sous-officier pensa :

— C'est bien ici.

Il entra donc et, comme personne ne venait, il appela :

— Ohé ! Ohé !

Une petite bonne apparut et demeura stupéfaite en apercevant un soldat. Il lui dit :

— Bonjour, mon enfant. Ces dames sont en haut ?

— Oui, monsieur.

— Au salon ?

— Oui monsieur.

— Je n'ai qu'à monter ?

— Oui, monsieur.

— La porte en face ?

— Oui, monsieur.

Il monta, ouvrit une porte et aperçut, dans une pièce bien éclairée par deux lampes, un lustre et deux candélabres à bougies, quatre dames décolletées qui semblaient attendre quelqu'un.

Trois d'entre elles, les plus jeunes, demeuraient as
sises d'un air un peu guindé, sur des sièges de velours
grenat, tandis que la quatrième, âgée de quarante-cinq
ans environ, arrangeait des fleurs dans un vase; elle
était très grosse, vêtue d'une robe de soie verte qui lais-
sait passer, pareille à l'enveloppe d'une fleur monstrueuse,
ses bras énormes et son énorme gorge, d'un rose rouge
poudrederizé. Le sous-officier salua :

— Bonjour, mesdames.

La vieille se retourna, parut surprise, mais s'inclina :

— Bonjour, monsieur.

Mais, voyant qu'on ne semblait pas l'accueillir avec
empressement, il songea que les officiers seuls étaient
sans doute admis dans ce lieu; et cette pensée le troubla.
Puis il se dit: « Bah! s'il en vient un, nous verrons
bien. » Et il demanda :

— Alors, ça va bien ?

La dame, la grosse, la maîtresse du logis sans doute,
répondit:

— Très bien! merci.

Puis il ne trouva plus rien, et tout le monde se tut.

Cependant il eut honte, à la fin, de sa timidité, et
riant d'un rire gêné :

— Eh bien, on ne rigole donc pas. Je paye une bou-
teille de vin...

Il n'avait point fini sa phrase que la porte s'ouvrit
de nouveau, et Padoie, en habit noir, apparut.

Alors Varajou poussa un hurlement d'allégresse,
et, se dressant, il sauta sur son beau-frère, le saisit
dans ses bras et le fit danser tout autour du salon en

hurlant : « V'là Padoie... V'là Padoie... V'là Padoie... »

Puis, lâchant le percepteur éperdu de surprise, il lui cria dans la figure :

— Ah! ah! ah! farceur!... farceur. Tu fais donc la fête, toi.... Ah! farceur..... Et ma sœur!... Tu la lâches, dis!...

Et songeant à tous les bénéfices de cette situation inespérée, à l'emprunt forcé, au chantage inévitable, il se jeta tout au long sur le canapé et se mit à rire si fort que tout le meuble en craquait.

Les trois jeunes dames, se levant d'un seul mouvement, se sauvèrent, tandis que la vieille reculait vers la porte, paraissait prête à défaillir.

Et deux messieurs apparurent, décorés, tous deux en habit. Padoie se précipita vers eux :

— Oh! monsieur le président... il est fou... il est fou... On nous l'avait envoyé en convalescence... vous voyez bien qu'il est fou...

Varajou s'était assis, ne comprenant plus, devinant tout à coup qu'il avait fait quelque monstrueuse sottise. Puis il se leva, et se tournant vers son beau-frère :

— Où donc sommes-nous ici? demanda-t-il.

Mais Padoie, saisi soudain d'une colère folle, balbutia :

— Où... où... où nous sommes... Malheureux... misérable... infâme... Où nous sommes... Chez monsieur le premier président!.... chez monsieur le premier président de Mortemain... de Mortemain... de...de...de... Mortemain..... Ah!... ah!... canaille!... canaille!... canaille!...

TABLE

		Pages
Boule de Suif	. .	5
L'Épave	. .	63
Découverte	. .	81
Un Parricide	. .	91
Le Rendez-vous	. .	103
Bombard	. .	115
Le Pain Maudit	. .	127
Les Sabots	. .	137
La Bûche	. .	147
Magnétisme	. .	157
Divorce	. .	167
Une Soirée	. .	181